에디의 끝

에디의 끝

에두아르 루이 장편소설　정혜용 옮김

열린책들

Cet ouvrage, publié dans le cadre du Programme d'aide à la Publication Sejong, a bénéficié du soutien de l'Institut Français de Corée du Sud.
이 책은 주한 프랑스 문화원 세종 출판 번역 지원프로그램의 도움으로 출간되었습니다.

EN FINIR AVEC EDDY BELLEGUEULE
by ÉDOUARD LOUIS

이 책은 실로 꿰매어 제본하는 정통적인 사철 방식으로 만들어졌습니다.
사철 방식으로 제본된 책은 오랫동안 보관해도 손상되지 않습니다.

디디에 에리봉을 위하여

처음으로, 발음된 나의 이름이 명명하지 못한다.
— 마르그리트 뒤라스, 『롤 V. 스타인의 환희』

차례

1부

피카르디
(1990년대 말 ~ 2000년대 초)

만남

유년기에 관한 그 어떤 행복한 추억도 없다. 그 시기에 행복이나 기쁨의 감정을 전혀 느껴 보지 못했다는 말은 아니다. 그저, 고통은 전제적이다. 고통은 자신의 시스템 안으로 들어오지 않는 것은 모두 없애 버린다.

복도에 두 명의 사내아이가 나타났다. 첫 번째 아이는 키가 크고 머리카락이 적갈색이었고, 두 번째 아이는 키가 작고 등이 굽었다. 적갈색 머리의 껑다리가 침을 뱉었다. *아가리로 받아.*

침이, 노인네나 병자의 그르렁대는 목구멍에 걸려 있는 그런 누렇고 뻑뻑한 가래침이 강렬한 악취를 풍기며 내 얼굴 위로 천천히 흘러내렸다. 날카롭게 귀청을 발기는 두 사내애의 웃음소리. *봐봐, 저 씹새끼, 얼굴에 범벅이야.* 그건 내 눈에서부터 입술로 흘러내려 와서 입 안으로까지 들어간다. 나는 닦아 낼 엄두를 못 낸다. 하려면야 소맷부리가 한 번 쓱 스쳐 가면 그만이리라. 찰나의 순간이면, 침이 내 입술에 닿기 전에 손 한 번 움직이기만 하면 그만이리라. 하지만 그러지 않는다. 그들에게 모욕감을 줄까 봐, 그들의 성질을 조금이라도 더 건드리게 될까 봐 겁이 나서다.

두 아이가 그런 짓을 하리라고는 생각도 못 했다. 그렇다고 폭력이 내게 낯선 것은 아니었다. 오히려 그와는 거리가 멀었다. 내가 기억하는 한 가장 멀리 거슬러 올라가 봐도 아버지는 늘 술에 취해 카페 출입문에서 또 다른 술 취한 남자들과 싸움박질하며 그들의 코뼈를 부러뜨리고 이가 나가게 하는 모습으로 등장한다. 어머니를 집요하게 바라봤던 남자들과 술기운이 올라 고래고래 악을 써 대던 아버지. *내 마누라를 그렇게 보다니 간뗑이가 부었구나, 이 더러운 개자식아.* 아버지를 달래려는 어머니. *여보, 진정해, 진정하라고.* 하지만 어머니의 호소는 묵살되었다. 어느 순간이 되면 끼어들고야 마는 아버지의 친구들. 그게 규칙이었다. 또한 아버지와 상대방, 그러니까 아버지의 술주정에 얼굴이 상처투성이가 된 그 희생자를 떼어 놓으려고 싸움에 뛰어드는 것이 진정한 친구, 〈좋은 벗〉인 거였다. 우리 집 고양이 한 마리가 새끼들을 낳아 놓자 아버지가 갓 태어난 새끼 고양이들을 슈퍼마켓 비닐봉지에 담아 들고 나가서는 비닐봉지가 피로 가득해지고 야옹거리는 소리가 더 이상 들리지 않을 때까지 인도와 차도 사이의 콘크리트 경계석에 대고 패대기를 치는 모습도 봤다. 마당에서 돼지 멱을 딴 뒤 부댕[1]을 만들려고 피를 뽑으면서 여전히 뜨듯한 그 피를 마시는 모습도 봤다(입술과 턱과 티셔츠에 묻은 피). 몸에 좋기로야 이게 최고지, 죽어 가는 짐승에게서 막 뽑은 피가. 아버지가 돼지의 숨통을 끊을 때 죽어 가며 내지르는 돼지의 비명이 온 동네 어디에서나 들렸다.

열 살 나던 해였다. 나는 중학교에 갓 들어온 신입생이었다. 그들이 복도에 모습을 드러냈을 때 누군지 몰랐다. 이름조차 몰랐는데, 학생 수가 고작해야 2백 명 남짓이어서 서로가 빠르게 얼굴을 익히게 되는 이런 작은 학교

---

1 돼지 창자에 돼지 피와 기름, 여러 가지 향신료를 채워 넣은 음식.

에서는 흔한 일이 아니었다. 그들은 느릿느릿 움직였고 얼굴에는 미소가 어렸고 그 어떤 공격성도 풍기지 않았기에, 처음에는 안면을 트려고 다가온다는 생각까지도 들었다. 그 상급생들이 왜 신입생인 내게 말을 걸려고 다가오는지를 이해하지 못했다. 학교 운동장 역시 나머지 세상과 마찬가지로 돌아갔다. 상급생들은 하급생들과 어울리지 않는 법. 이런 말은 어머니가 노동자들에 대해 이야기할 때 하는 말이다. 우리처럼 보잘것없는 사람들에게는 아무도 관심이 없어, 특히 잘사는 부르주아들은 말이야.

복도에서 그 둘은 내가 누군지, 혹시 내가 바로 벨괼이라는 아이인지, 모두의 입길에 오르는 바로 그 아이인지를 물었다. 그들이 던진 그 질문, 내가 그 뒤로 몇 달이고 몇 년이고 지치지도 않고 곱씹게 된 그 질문.

너냐, 그 호모 새끼가?

이 말을 뱉음으로써 그들은 영원히 그 말을 내 안에 낙인처럼 찍어 놓았다. 그리스인들이 달군 쇠나 칼로 공동체에 위험한 일탈자들의 몸에 새겨 넣던 그런 표식들. 사

16

람들이 내게 그런 말을 한 게 처음이 아닌데도 내 몸을 꿰뚫은 건 바로 경악이었다. 어찌해도 모욕에는 절대 익숙해지지 않는 법이다.

무력과 균형 상실의 느낌. 나는 웃었다. 그리고 머릿속에서 울려 퍼지고 폭발하며 심장의 리듬에 맞춰서 내 안에서 펄떡이던 그 말. *호모 새끼*.

당시 나는 말라깽이였다. 그 둘은 나의 방어 능력이 약하리라고, 거의 없으리라고 판단했을 거다. 부모는 그 시절 내게 걸핏하면 별명 *해골*로 불렀고 아버지는 되풀이하여 똑같은 농담을 해댔다. *네가 포스터와 벽 사이를 지나가도 포스터가 떨어지는 일은 없을 거야.* 우리 집안에서나 마을에서나 몸무게는 가치 있는 특질이어서 사람들은 기꺼이 말하곤 했다. *굶어 죽는 것보다야 훨씬 낫지. 병은 병이지만 좋은 병이라고.*

(그다음 해, 가족들이 몸무게를 두고 놀려 대는 말에 진력이 난 나는 살을 찌우기로 작정했다. 이모에게서 — 부모는 내가 달라고 해도 줄 수가 없었을 거다 — 얻어 낸 돈으로 방과 후에 감자 칩을 여러 봉지 사서 몽땅 먹

17

어 치웠다. 그때까지만 해도 바로 아버지나 형들처럼 될까 봐 두려워서 어머니가 만드는 너무 기름진 음식들은 먹기를 거부했던 내가, ─ 어머니는 짜증을 냈다. 똥구멍이라도 막힐까 봐 그러니? ─ 그랬던 내가 구름 떼같이 몰려다니면서 산과 들을 통째로 사라지게 만드는 곤충들처럼, 갑자기 걸리는 대로 전부 다 집어삼키기 시작했다. 난 1년 만에 20여 킬로그램을 불렸다.)

　그 둘은 줄곧 미소를 머금은 채, 줄곧 내 얼굴 위로 침을 뱉어 대며, 처음에는 너무 거칠지 않게 손가락 끝으로 밀쳐 대다가 결국에는 머리가 복도 벽에 쿵쿵 부딪힐 때까지 점점 더 힘을 줬다. 나는 아무 말도 하지 않았다. 한 명이 나의 두 팔을 잡고 있는 동안 다른 한 명이 발길질을 해댔는데, 자기 역할에 더 깊이 빠져들수록 그의 얼굴에서는 미소가 서서히 옅어지는 대신 집중력과 분노와 증오가 점점 진하게 드러났다. 기억난다. 배를 겨눈 발길질과 머리가 벽돌 벽에 부딪힐 때의 고통이. 사람들의 생각이 미처 가닿지 못하는 지점이 바로 고통, 죽도록 두들겨 맞아서 갑작스러운 고통에 사로잡힌 상처 입은 몸뚱어리이다. 보통 — 이런 유형의 장면과 맞닥뜨리면, 그러니까 내 말은 외부자의 시선으로는 — 모욕, 몰이해, 공포는 떠올려도 고통을 떠올리지는 못한다.

배를 맞을 때마다 숨이 턱턱 끊기고 호흡이 막혀 왔다. 산소가 들어오게 가능한 한 입을 벌리고 폐를 부풀렸지만, 공기는 좀체 들어오지 않았다. 허파가 갑자기 끈끈한 진액으로, 납으로 차오르던 그 느낌. 난데없이 허파가 묵직하게 느껴졌다. 몸이 부들부들 떨렸고, 더 이상 내 몸이 아니고 더 이상 내 의지대로 움직이지 않는 것 같았다. 정신으로부터 벗어난, 정신이 놓아 버린, 정신을 따르기를 거부하는 늙어 가는 몸뚱어리처럼. 짐 덩어리가 된 몸뚱어리.

두 아이는 내 얼굴이 산소 부족으로 시뻘겋게 되자 웃어 댔다(하층민의 기질. 걸핏하면 웃어 대는, 가난한 사람들의 단순성. 흥청망청 즐기는 사람들). 저절로 두 눈에 눈물이 고이고 침이나 음식을 잘못 삼켜 기도가 막힐 때처럼 시야가 흐려졌다. 그 둘은 숨이 막혀 눈물이 흐른다는 사실은 모르고 내가 운다고 생각했다. 그들은 조바심을 냈다.

그들이 가까이 다가오자 그들의 숨결에서 썩은 우유나 죽은 동물이 풍기는 냄새가 났다. 나나 마찬가지로 그들도 이를 닦은 적이 없을 터였다. 마을의 어머니들은 자녀들의 치아 위생에 그다지 신경을 쓰지 않았다. 치과는 비용이 너무 들었고 돈의 부족은 늘 선택의 문제로 변질되고 말았다. 어머니들은 말했다. 어쨌든 살다 보면 더 중요한 게 있단다. 나는 지금도 끔찍한 고통과 잠 못 이루는 밤들로 내 가족과 내 계급이 그렇게 위생을 소홀히 대했던 대가를 치르고 있으며 훗날 파리의 고등 사범 학교에 들어가서는 친구들의 질문을 받게 되리라. *왜 네 부모님은 치아 교정을 안 해주셨을까.* 나의 거짓말들. 나는 부모님이 조금 심하다 싶게 보헤미안적인 지식인이셔서 나의 인문학적 교양을 쌓는 일에 지나치게 신경을 쓰느라 건강 문제는 가끔씩 소홀히 했노라고 대답하게 된다.

적갈색 머리의 꺽다리와 등이 굽은 작다리가 복도에

서 소리를 질러 댔다. 구타와 함께 모욕적인 말들이 꼬리를 물었다. 그리고 여전한 나의 침묵. 남색쟁이, 비역쟁이, 전차, 게이충, 똥꼬충, 찌질이, 면, 박이, 바보 새끼, 계집애, 후빨 종자, 호모 새끼, 게이. 몇 번, 우리는 아이들이 바글거리는 계단이나 다른 장소에서, 가령 학교 운동장 한가운데에서 마주치기도 했다. 그 둘은 모두가 보는 가운데 나를 때리지는 못했다. 그들이 그렇게 어리석지는 않았다. 퇴학을 당할 수도 있었을 테니까. 그 둘은 그저 모욕적인 말 한마디로, 호모 새끼(혹은 다른 욕)로 만족했다. 주위의 그 누구도 그 말에 주의를 기울이지는 않았지만 모두 그 말을 듣기는 했다. 모두가 들었다고 생각하는 까닭은 운동장이나 복도에 있던 다른 아이들의 얼굴에 어리던 흡족한 미소를 기억해서이다. 적갈색 머리의 껑다리나 등이 굽은 작다리가 정의를 행사하는 것을, 모두가 속으로 생각하거나 내가 지나가면 속삭이던 말을 대놓고 하는 것을 보고 들을 수 있어서 기쁘기라도 한 것 같았다. 내 귀에도 들려오던 그 말. *저기 봐, 벨곰이네, 호모 새끼.*

아버지

내게는 아버지가 있다. 그가 태어난 해인 1967년 당시는 마을 여자들이 병원에 가지 않았다. 여자들은 집에서 출산을 했다. 할머니가 아버지를 낳았을 때 할머니는 먼지와 개털과 고양이 털로 뒤덮인, 그리고 진흙이 잔뜩 묻은 신발을 현관에서 벗고 들어오지 않아서 더럽혀진 소파에서 출산을 했다. 마을에는 물론 포장도로도 있지만, 여전히 사람들이 오가며 아이들의 놀이터가 되어 주는 수많은 흙길, 비포장으로 논밭 가장자리를 따라 나 있는 흙과 돌로 덮인 길과 비가 오는 날이면 유사(流沙)처럼 변하는 흙을 다져 놓은 인도도 있다.

중학교에 들어가기 전에는 일주일에도 여러 번 흙길로 자전거를 타러 갔다. 페달을 밟으면 오토바이 소리가 나라고 두꺼운 마분지 조각들을 바큇살에 매달았다.

할아버지는 마을 남자 대부분이 그러듯이 파스티스[2]나 5리터짜리 대형 플라스틱 통에 담긴 포도주 등 술을 많이 마셨다. 카페와 담배 가게 노릇을 겸하며 빵도 파는 식료품 가게로 남자들이 찾으러 가는 것은 술. 그곳에서는 아무 때고 물건을 살 수 있다. 주인집 문을 두드리기만 하면 그들이 응대한다.

할아버지는 술을 많이 마셨고, 취했다 하면 아내를 팼다. 갑자기 아내를 향해 욕설을 퍼붓고 손에 잡히는 대로 온갖 물건들을, 가끔은 의자까지도 집어 던졌다. 그러고는 때렸다. 너무 왜소한 데다가 허약한 아이의 몸을 하고 있던 아버지는 무기력하게 부모를 지켜봤다. 아버지는 침묵하며 차곡차곡 증오를 쌓아 갔다.

이 모든 이야기를 해준 사람은 아버지가 아니다. 아버지는 말을 하지 않았다. 적어도 그런 이야기는. 이야기를 해주는 사람은 어머니였다. 그것이 여자의 역할이었다.

어느 날 아침 — 아버지는 다섯 살이었다 — 그의 아버지가 아무런 예고도 없이 영원히 떠나갔다. 가족의 역사를 전달하는 일(늘 여자가 할 역할)을 마찬가지로 담

2 아니스 향료를 넣은 술.

24

당했던 할머니가 들려준 이야기였다. 할머니는 몇 년이 지난 뒤, 마침내 남편에게서 해방된 것이 너무 좋아서 깔깔대며 이야기했다. 그 인간이 말이야, 어느 날 아침 공장으로 일하러 간다고 나갔는데, 저녁때 맞춰 돌아오지 못했어, 기다리고 있었는데. 할아버지는 공장 노동자였다. 집에 월급을 들고 오는 사람이 그였으니, 그가 사라지면서 가족은 돈 한 푼 없는 신세가 되었고, 그저 예닐곱의 아이들을 겨우겨우 먹일 정도였다.

이 일을 결코 잊은 적이 없는 아버지는 내가 있는 데서 말했다. 그 더러운 엠창 새끼가 우리를 버리고 어머니를 알거지로 만들었지. 그런 놈에겐 오줌이나 싸 갈겨야 해.

할아버지가 35년 뒤 죽음을 맞게 된 날, 우리 식구는 거실 텔레비전 앞에 모여 있었다.

아버지는 누이동생으로부터인지 아니면 요양소로부터인지 부친이 생을 마감했다는 전화를 한 통 받았다. 전화를 건 사람이 말했다. 자네 아버지, 아니 댁의 부친께서 오늘 아침에 돌아가셨습니다. 암과 특히 사고로 인해 부러진 고관절이 원인인데요, 상처가 덧나는 바람에 할

25

수 있는 일은 다해 봤지만 살릴 수 없었습니다. 할아버지
는 나뭇가지를 자르겠다고 나무 위로 올라갔다가 자신
이 걸터앉은 가지를 잘라 버렸단다. 부모는 상대방이 전
화로 전하는 말을 듣고 어찌나 크게 웃어 댔던지 숨을 가
다듬는 데 한참이 걸렸다. *자신이 걸치고 앉아 있던 나뭇
가지를, 그 멍청이가 잘라 버렸대. 어쨌든 해야 할 일 했
네.* 사고, 부서진 고관절. 일단 소식을 듣고 나자 아버지
는 기뻐 날뛰며 어머니에게 말했다. *그 인간쓰레기가 드
디어 뒈졌어.* 또 이런 말도. *축하할 일이 생겼으니 술 한
병 사러 가야겠어.* 며칠 뒤, 아버지는 마흔 번째 생일을
축하했고, 그렇게 행복해 보인 적이 없었다. 그는 며칠
간격으로 축하해야 할 두 개의 사건이, 퍼마실 두 번의
기회가 생겼다고 말했다. 나는 왜인지 알지 못하면서도
눈에 비치는 부모의 상태를 따라하는 아이처럼(어머니
가 눈물을 흘리는 날이면 역시 왜인지는 이해하지 못하
면서도 어머니를 따라서, 나도 울었다), 그들과 함께 웃
으며 저녁 시간을 보냈다. 아버지는 내게 소다수와 짭짤
한 과자들을 사줄 마음까지도 냈다. 나로서는, 그가 말은
하지 않았지만 마음 아파하는 것인지, 얼굴에 침을 맞으

면서도 웃을 수 있는 것처럼 자기 아버지가 죽었다는 소식에도 웃고 있는 것인지, 결코 알 수 없었다.

아버지는 일찌감치 학교를 그만뒀다. 그는 이웃 마을에서 열리는 춤 파티와 그런 파티에 반드시 따르기 마련인 싸움과 오토바이 — 모터사이클이라고 불리는 — 로 연못까지 드라이브하기와 그곳에서 몇 날 며칠을 낚시로 지새우기, 오토바이의 속력을 올리려고 헛간에서 튜닝을 하면서, 자기 오토바이를 엉망으로 주무르면서 보내는 날들을 더 좋아했다. 고등학교에 등교하는 날이라 하더라도 어쨌든 대부분의 경우 교사에 대한 도발, 욕설, 결석 등의 이유로 수업에서 배제되었다.

그는 싸움 이야기를 많이 했다. 열다섯 열여섯 살 때 난 진짜 수컷이었지. 학교에서건 춤 파티에서건 끝없이 싸워 댔다. 친구들과는 부어라 마셔라 했고. 우리야 뭔 일이 나든 관심 없었고, 정말 재미있게 놀았어. 그리고 말이야, 그 당시에는 정말이지, 이 공장에서 해고당하면 저 공장으로 가면 됐다고. 지금 같지 않았거든.

그보다 먼저 그의 아버지와 할아버지와 고조할아버지

가 그랬듯이, 주석 부품을 생산하는 마을 공장에 고용되려고 실업 고등학교의 졸업장을 정말로 포기했다.

그토록 찬양받는 온갖 남성적 가치들의 화신인 마을의 진짜 수컷들은 교칙 따르기를 거부했고, 그에게는 진짜 수컷이었다는 사실이 중요했다. 아버지가 내 형제나 사촌들을 거론하면서 *걔는 진짜 수컷*이라고 말할 때 나는 그 목소리에 어린 찬탄을 감지했다.

어머니는 어느 날 아버지에게 임신 사실을 알렸다. 1990년대 초였다. 사내아이, 즉 나를 갖게 된 거다. 어머니에게는 이미 첫 번째 결혼에서 태어난 다른 아이들 둘, 바로 나의 큰형과 누나가 있었다. 두 아이의 아버지인 첫 번째 남편은 알코올 중독자였고, 간경화로 죽은 지 며칠이 지나서야 길바닥에 쓰러진 상태로 발견되었는데, 발견 당시 시신은 반쯤 부패한 데에다 벌레가 들끓었고, 특히 뺨의 살이 썩어 문드러지면서 노란 밀랍빛을 띤 얼굴 한복판에 골프 홀 크기만 한 구멍이 생겼는데, 그 구멍 사이로 구더기가 우글대는 턱뼈가 드러났다. 아버지는 아이 소식에 몹시 기뻐했다. 마을에서는 자신이 진짜 수컷이었다는 사실만이 아니라 아들을 진짜 수컷으로 키우는 일 또한 중요했다. 아버지란 아들을 통해 자신의 남성적 정체성을 강조하며 사내아이들에게 자신이 지닌 수컷다운 가치들을 전수해야 하는 법이었다. 그러니 아버지는 그렇게 할 테고, 나를 진짜 수컷으로 만들려고 했는데, 그의 남자로서의 자존심이 걸린 문제였다. 그는 텔레비전에서(늘 그렇듯이 텔레비전) 자신이 즐겨 보던 미국 시리즈물의 영향을 받아 나에게 에디라는 이름을 붙이기로 결정했다. 따라서 나는 그가 내게 물려준 성 벨괼[3]과 그 이름에 실린 과거 전부를 떠안은 채, 에디 벨괼이라고 불리게 될 참이었다. 진짜 수컷다운 이름.

3 Bellegueule. 프랑스어로 〈반반한 낯짝〉이라는 뜻이다.

몸놀림

급속도로, 나는 아버지의 꿈과 희망을 부숴 버렸다. 태어난 지 몇 달도 안 되어서부터 문제가 발견됐다. 난 태어날 때부터 그 모양이었던 듯하다. 태어났을 때부터 나를 휘어잡았던 그 미지의 힘, 내 자신의 몸에 나를 가둬 버리는 그 힘이 어디서부터 온 것인지, 그 기원과 생성에 대해 그 누구도 이해하지 못했다. 의사 표현을, 언어 습득을 시작할 때부터 나의 목소리는 자연스럽게 여자아이의 억양을 띠었다. 그 목소리는 다른 사내아이들의 목소리에 비해 더 날카로웠다. 말을 할 때면 나의 두 손은 맹렬하게 사방으로 움직이고 비비 꼬이고 허공을 휘저었다.

부모는 그걸 짓이라고 부르며 내게 말했다. 그 짓 좀 그만해라. 그들은 스스로에게 물었다. 왜 에디는 계집애처럼 굴까. 그들은 내게 엄하게 말했다. 가만 좀 있어. 그렇게 미친년 같은 요란한 몸짓 좀 그만할 수 없겠니. 내가 그들의 기분을 상하게 하려고 내 자신의 미적 취향을 고집하기라도 한 것처럼, 그들은 내가 스스로 선택하여 여자처럼 군다고 생각했다.

하지만 나도 내가 왜 이런 줄을 몰랐다. 그런 몸놀림에 지배당했고 제압당했으며, 그런 날카로운 목소리도 내가 선택한 게 아니었다. 내 발걸음도, 움직일 때 엉덩이가 좌우로 살랑살랑 뚜렷하게, 지나치게 뚜렷하게 흔들리는 것도, 내 몸에서 새어 나오는 날카로운 비명도, 갑자기 놀라움이나 황홀함이나 두려움에 사로잡힐 때 내가 내지르는 것이 아니라 글자 그대로 내 목구멍에서 새어 나오는 비명도 내가 선택한 게 아니었다.

나는 아이들 방에, 불이 들어오지 않아서 어두운 그 방에 꼬박꼬박 들렀다(우리는 제대로 된 조명 기구를 설치하기에는, 샹들리에나 아니면 그저 단순한 알전구를 매달기에도 돈이 충분하지 않았다. 방에는 고작 사무용 스탠드 하나만 놓여 있었다).

그곳에서 누나 옷을 훔쳐 내어 입고서 방 안을 누볐다. 짧거나 길거나 도트 무늬이거나 줄무늬의 치마들을, 몸에 들러붙거나 가슴이 깊이 파였거나 닳았거나 구멍이 난 티셔츠들을, 레이스가 달렸거나 패드가 들어 있는 브래지어들을, 입어 볼 수 있는 것은 몽땅 다 입어 봤다.

내가 유일한 관객이었던 이런 공연들이 그 시절에는 내게 주어진 가장 아름다운 볼거리였다. 내 눈에 비친 내가 너무 멋있어서 눈물이 날 정도였다. 심장은 어찌나 빠르게 뛰는지 터져 나갈 것만 같았다.

옷을 입고 방 안을 누비던 환희에 찬 순간이 지나가고 나면 가쁜 숨을 몰아쉬며, 여자애들의 옷을 걸침으로써 더럽혀졌고 바보 같을 뿐만 아니라 스스로가 역겹고 여장(女裝)으로 나를 몰아갔던 그런 광기의 엄습에 끝내 나가떨어지고 말았다는 급작스러운 느낌에 시달렸다. 술김에 자제력이 풀려 우스꽝스러운 짓들을 저질렀다가 술기운이 가시고 난 다음 날이면 후회하게 되고, 이미 저지른 행위에 대한 고통스럽고 수치스러운 기억들만 남아 버린 그런 날들과 마찬가지였다. 나는 그 옷들을 찢어발기고 불태우고 그 누구도 발을 디디지 않는 그런 곳에 묻어 버리는 나의 모습을 그려 봤다.

나의 취향 역시 늘 어느새, 왜 그런지는 모르겠지만 여성스러운 취향 쪽으로 저절로 쏠렸다. 남자 형제들이(어느 정도는 여자 형제들까지도) 비디오 게임이나 랩이나 축구를 더 좋아했다면, 나는 연극과 버라이어티 쇼에 등장하는 여성 가수들과 인형을 좋아했다.

나는 커가면서 점점 더 내게 묵직하게 와 닿는 아버지의 눈길과 그의 내면에서 치솟는 공포 그리고 자신이 창조한 괴물과 그 괴물이 매일매일 조금씩 더 확실하게 드러내는 비정상 앞에서 느끼는 그의 무력감을 감지했다. 어머니는 이 상황을 감당하지 못하는 듯했고 아주 일찌감치 두 손을 들어 버렸다. 더 이상은 못 하겠고 자신은 이런 걸, 나 같은 아들을 요구한 적이 없으며 이런 삶을 살아갈 준비가 되어 있지 않다는 설명과 함께 자신에게는 포기할 수 있는 권리가 있다고 주장하는 쪽지 한 장만 달랑 식탁 위에 남겨 놓고서 집을 나가 버릴 날이 올 거라는 생각을 나는 종종 했다. 또 어떤 날에는 부모가 도로변이나 숲속 깊은 곳으로 나를 데리고 가서 짐승들에게 그리하듯 나를 혼자 버려둘 거라는 생각까지도 했다

(그런 일은 하지 않을 테고 그건 가능하지 않고 그런 짓까지 저지르지는 않으리라는 것을 알고 있었다. 하지만 그런 생각이 들었다).

자신들의 능력에서 벗어나는 이 생명체 앞에서 어찌할 바를 몰랐던 부모는 나를 올바른 길로 되돌려 놓으려는 시도를 악착같이 해댔다. 그들은 신경질을 내며 이렇게 말했다. *쟤 살짝 맛이 갔어, 머리가 이상해.* 거의 대부분 그들은 내게 *계집애*라고 말했고, *계집애*는 그들에게는 단연코 가장 지독한 욕설, — 그들이 사용하는 어조에서 느낄 수 있었다 — *개새끼*나 *머저리*보다도 훨씬 더한 최고의 혐오를 나타내는 욕설이었다. 남성적 가치가 가장 중요한 가치로 정립되어 있는 이 세계에서는 어머니조차도 스스로에 대해 말했다. *나도 불알 두 쪽 찬 놈 못지않다고. 날 함부로는 못 하지.*

아버지는 축구가 나를 거친 사내애로 만들어 주리라는 생각에 젊은 시절의 자신처럼, 그리고 사촌들과 형제들처럼 축구를 해보라고 제안했다. 나는 버텼다. 그 나이에 이미 춤추고 싶었고 누나는 춤을 배우고 있었다. 나는 무대 위에 오른 나의 모습을 꿈꿨고, 타이츠와 반짝이 달린 옷, 내게 환호를 보내는 관객, 흡족한 표정으로 땀범벅인 채로 그들에게 인사를 하는 나의 모습을 그려 봤다. 하지만 이런 일이 상징하는 수치를 알았기에 그 누구에게도 속내를 털어놓지는 않았다. 이 마을에 사는 또 다른 사내아이 막심은 그 동기가 무언인지는 아무도 알아채지 못했지만 부모의 강요로 춤을 배우는 통에 놀림거리가 되고 말았다. 사람들은 그 아이를 춤추는 *계집애*라고 불렀다.

아버지는 내게 애원했다. *적어도 공짜이지 않냐. 네 사촌과 마을 친구들 전부 다 같이 할 거 아니니. 한 번 해보라고. 제발, 해보기라도 하라고.*

나는 일단 한 번 가보기는 하겠다고 승낙했는데, 아버지를 기쁘게 해주려는 의지보다는 뒷감당이 두려워서였다.

나는 갔다가 돌아왔다. 다른 아이들보다 더 일찍. 훈련 시간이 끝난 뒤 우리는 옷을 갈아입으려고 탈의실로 가야 했다. 그런데, 다 함께 샤워를 해야 한다는 사실을 알게 되자 끔찍하고 두렵다는 생각이 일어서였다(그 생각을 미리 할 수도 있었건만. 그런 건 모두가 알고 있으니).

나는 집으로 돌아와 아버지에게 계속할 수 없노라고 말했다. 더는 하기 싫어요. 축구가 싫어요. 내가 잘하는 일이 아니에요. 아버지는 잠시 고집을 피웠지만 결국 기세가 꺾이고 말았다.

아버지와 함께 카페로 가는 길에 축구 클럽의 대표를 만났다. 사람들은 그를 술통이라고 불렀는데, 술통은 사람들이 놀라면 짓는 표정으로, 그러니까 한쪽 눈썹을 치켜올리며 아버지에게 물었다. *대체 자네 아들은 왜 요새 안 오는 겐가.* 나는 아버지가 눈을 깔뜨며 거짓말을 웅얼대는 모습을 봤다. *오, 요즘 좀 아프네.* 더불어 그 순간, 나는 자기 부모가 공개적으로 부끄러워하는 모습에 부딪히게 된 아이를 꿰뚫고 지나가기 마련인, 마치 세상이 그 모든 토대와 의미를 잃어버리기라도 한 것 같은 설명할 길 없는 감정을 느꼈다. 아버지는 술통이 자신의 말을 믿지 않는다는 것을 깨닫고 만회를 해보려고 애썼다. *자네도 잘 알지 않는가. 걔, 에디는 좀 특별하다네. 아니, 특별하다기보다는 좀 이상하지. 글쎄, 걔가 좋아하는 건 혼자 조용히 텔레비전을 보는 거거든.* 아버지는 결국 몹시 난처한 표정으로, 갈 곳 몰라 헤매는 시선으로 털어놓고야 말았다. 그러니까, 에디는 축구를 좋아하지 않는 것 같아.

우리 집을 벗어나면, 내가 자라난 인구가 1천 명이 될까 말까 한 이 북부 지역 마을에서 난 제법 후한 평가를 받는 사내아이였다고 말할 수 있다. 보통 시골에서 보낸 유년기에 대해 이야기할 법한 것들이 전부 있던 유년기는 좋았다. 숲에서의 오랜 산책, 우리가 그곳에 지었던 오두막들, 벽난로의 불, 농장에서 막 가져온 따뜻한 우유, 옥수수 밭에서의 술래잡기 놀이, 위안을 주는 골목길의 정적, 사탕을 나눠 주는 할머니, 정원마다 심어 놓은 사과나무, 자두나무, 배나무, 가을에 볼 수 있는 색채의 폭발, 인도를 뒤덮는 나뭇잎, 그렇게 산처럼 쌓인 나뭇잎에 잡혀 푹 빠지는 발, 어떤 시기가 되면, 그러니까 가을이 되면 한꺼번에 떨어지는 밤송이들 그리고 우리가 판을 짜는 전투들. 밤송이에 맞으면 몹시 아팠고, 멍이 들어 집에 돌아갔지만 그것에 대해 징징거리기는커녕 오히려 그 반대였다. 어머니는 말했다. 다른 아이들이 널 멍들게 한 것보다 네가 아이들을 더 심하게 멍들게 했겠지. 그랬기를 바란다. 그래야 이긴 사람이 누군지 사람들이 알지.

개 좀 별나지, 벨괼네 아들 말이야. 이런 말을 듣는다거나, 내가 말을 건 사람들 얼굴에 놀리는 듯한 미소가 떠오르는 일이 드물지는 않았다. 하지만 어쨌든, 마을 사람들이 재미있어하면서도 마을의 이상한 아이, 계집애 같은 아이였던 내게 이를테면 홀렸기에 해코지를 당하는 일은 없었다. 이는 마르티니크 출신으로 사방 몇 킬로미터 내에서 유일한 흑인인 조르당도 마찬가지로, 사람들은 그에게 말했다. 사실 난 흑인을 좋아하지 않아. 어딜 봐도 그것들이 사방 문제를 일으키고 다니고, 자기네 나라에서는 전쟁을 벌이고 이곳에 와서는 자동차를 불태운다는 걸 자네도 잘 알잖나. 하지만 조르당 자넨 좋은 놈이야, 자넨 달라. 우린 자넬 좋아한다고.

마을 여자들이 어머니를 칭찬했다. 아주 잘 컸어, 자네 아들 에디 말이야. 다른 아이들 같지가 않아. 그런 건 금방 알 수 있다고. 그러면 어머니는 자랑스러워하면서 이번에는 내 칭찬을 했다.

39

중학교에서

통학 버스로 갈 수 있는 가장 가까운 학교는 마을에서 15킬로미터 떨어진 곳에 있었다. 강판과 자줏빛 벽돌로 지어 올린 커다란 건물로, 그 자줏빛 벽돌을 보면 사람들은 빽빽하게 다붙은 집들이 들어선 북부 지역 노동자들의 도시와 풍광을 상상 속에 떠올리게 된다(그곳에 있지 않은 사람들, 그곳에 살지 않는 사람들이 그런 상상을 한다. 북부 지역 노동자들에게는, 아버지, 삼촌, 고모에게는 아무것도 떠오르지 않는다. 일상에 대한 혐오, 기껏해야 음울한 무관심을 불러일으킬 뿐). 그런 집들, 그렇게 붉은빛을 띤 커다란 건물들, 아찔하게 치솟은 굴뚝이 쉼 없이 짙고 무거우며 새하얀 연기를 뱉어 대는 딱딱한 공장들. 중학교와 공장이 구별이 안 될 정도로 똑같았다면, 그건 하나에서 다른 하나로 가기 위해 고작 한 걸음만 내

딛으면 됐기 때문이다. 대부분의 아이들, 특히 진짜 수컷들은 중학교를 나오면 곧바로 공장으로 갔다. 그곳에 간 그들은 여전히 똑같은 붉은 벽돌, 똑같은 강판, 함께 부대끼며 자랐던 똑같은 사람들을 보았다.

어느 날 어머니가 그런 자명한 사실에 대해 나의 눈을 뜨게 했다. 어른들은 가장 본질적이어서 가장 쓸데없어 보이는 질문들을 망각 속에 묻고 살다가 아이들이 급작스럽고 순수하게 물어 오면 그러한 질문들을 속에서 끄집어내게 되는데, 왜인지는 모르겠지만 나 역시 네 살인가 다섯 살 무렵 어머니에게 물어보았다.

엄마, 저녁이 되면 어쨌든 멈추는 거지? 밤엔 자는 거지, 공장도?

아니, 공장은 자지 않는단다. 자는 법이 없어. 그래서 아빠랑 큰형이 밤에도 공장으로 가는 거지. 공장이 멈추지 않게 하려는 거야.

그럼, 나는, 나도 밤에 공장에 가야 하는 거야?

암.

중학교에 들어가자 전부 변했다. 나는 어느 결엔가 알

지 못하는 사람들에 둘러싸여 있었다. 나의 다름, 이렇게 계집애처럼 말하는 방식, 나의 움직이는 방식, 나의 자세는 그들, 수컷들인 그들을 다듬어 낸 가치 전체에 대한 부정이었다. 어느 날 학교 운동장에서 막심, 마을의 막심과 이름이 같은 또 다른 막심이 함께 있던 남자아이들과 자신이 지켜보는 앞에서 내게 달려 보라고 요구했다. 그가 웃음이 터질 거라고 호언장담하면서 아이들에게 말했다. 애들아, 잘 봐. 어떻게 호모 새끼처럼 뛰는지 잘 보라고. 거부하자 막심은 내게 선택권이 없으며, 만약 말을 듣지 않으면 대가를 치를 거라고 을러댔다. 버티면 아구창을 날려 버리겠어. 나는 그들이 보는 앞에서 달리며 모욕감과 울고 싶은 욕구에 시달렸다. 두 다리는 1백 킬로그램이 넘는 듯 묵직했는데, 풍랑 이는 바다에서 물살을 거슬러 달리는 사람의 두 다리처럼 어찌나 무거운지 한 걸음씩 내디딜 때마다 매번 이번이 내가 내디딜 수 있는 마지막 걸음이겠거니 여겨졌다. 아이들이 웃어 댔다.

아침에 학교에 도착하면 그 길로 다른 학생들에게 다가가 보려고 운동장을 헤매고 다녔다. 그 누구도 나와 말을 나누고 싶어 하지 않았다. 낙인은 전염력이 강했다. 호모 *새끼*의 친구가 되면 그 아이 또한 눈총을 맞으리라.

나는 헤매고 다닌다는 티를 내지 않고 안정적인 걸음으로, 늘 정확한 목표를 좇으며 어딘가를 향해 간다는 인상을 주면서 운동장을 누볐기에 심지어 그 누구도 내가 따돌림의 대상이라는 사실을 알아차리지 못할 정도였다.

이런 식으로 계속 헤매고 다닐 수는 없었고, 그 사실을 나도 알고 있었다. 나는 도서관으로 이어지는 인적 없는 복도에서 피난처를 찾아냈고 점점 더 자주, 그러다가 하루도 빠지지 않고 매일 그곳에 몸을 숨겼다. 그곳에서 쉬는 시간이 끝나기만을 홀로 기다리는 모습을 들킬까 봐 두려워, 누군가 지나가면 책가방을 뒤지며 뭔가를 찾는 시늉을 하였고, 그렇게 내게는 할 일이 있으며 이곳에 계속 있을 작정은 아님을 믿게 하려고 애를 썼다.

두 사내애가 복도에 나타났다. 첫 번째 애는 적갈색 머리의 껑다리이고 다른 애는 등이 굽은 작다리였다. 적갈색 머리의 껑다리가 침을 뱉었다. *네 낯짝에 묻은 것 처먹어.*

고통

그 둘은 되돌아왔다. 그들은 감독 교사에게 들킬 염려 없이 안심하고 나를 찾아낼 수 있는 그곳이 조용하다는 점을 높이 샀다. 매일 그곳에서 나를 기다렸다. 나도 마치 약속을 정해 놓기라도 한 듯, 암묵적인 계약을 체결하기라도 한 듯 매일 그곳으로 갔다. 그들과 맞서려는 게 아니었다. 복도 — 흰색 페인트가 벗겨진 작은 복도, 병원이나 시청에서 사용하는 청소용 세제 냄새 — 에 발을 들이게 나를 밀어붙였던 것은 용기도 그 어떤 무모함도 아니었다.

오로지 이런 생각. 이곳에서라면 그 누구도 우리를 보지 못할 테고 그 누구도 알지 못하리라. 다른 곳에서, 운동장이나 다른 아이들이 보는 앞에서 얻어맞는 것을 피하고, 다른 아이들이 나를 얻어맞는 아이로 여길 일을 피해야만 했다. 그러지 않았더라면 아이들은 자신들의 의심이 옳았다고 여겼을 테니. 얻어맞는 걸 보니 벨킬은 호모 새끼야(혹은 앞뒤를 바꿔 말할 수도 있겠지만, 중요하지 않다). 스스로에게 행복한 남자애의 이미지를 부여하는 편이 더 좋았다. 나는 스스로를 으뜸가는 침묵의 동조자, 그러한 폭력의 공모자로 만들었다(여러 해가 흐르고 나서 공모라는 말의 의미에 대해, 능동적 참여, 순진함, 무관심, 공포 등과 공모를 가르는 경계에 대해 스스로에게 묻지 않을 수 없었다).

나는 복도에서 그들이 다가오는 소리를 가려냈는데, 개가 인간으로서는 상상하기 힘든 까마득한 거리를 사이에 두고서도 수많은 사람들의 발소리 가운데에서 주인의 발소리를 가려낼 수 있는 거나 마찬가지였다. 어느 날 어머니가, 사실을 이야기한 건지는 모르겠지만, 내게 그런 이야기를 해줬다.

머리가 벽돌 벽에 부딪힐 때면 이명이 고막을 찢어발겨 가까스로 균형을 잡는다. 당시에는 끝도 없는 두통에 몇 날 며칠이고 꼼짝하지 못했다. 벌써 그 나이에 나의 수명은 짧으리라는 생각을 하면서 뇌종양에 걸린 스스로의 모습을 그려 봤다(마을의 어느 젊은 여자가 서서히 스러져 가는 것을 본 적이 있다. 그 여자는 처음에는 마르고 길쭉했는데, 갑자기 몇 주 만에 머리카락이 빠지고 몸무게가 확 불어났다. 점점 더 웅크리고 다니더니, 곧 남편이 미는 바퀴 의자에 앉아서 이동하게 됐다. 모습이 망가지고 말을 할 수 없게 된 그 여자는 내가 중학교 1학년이던 그해, 열 살 나던 그해 겨울에 죽었다).

그 둘이 내 머리카락을 쥐어뜯고, 으레 호모 *새끼, 비역쟁이* 등의 욕설은 끈질기게 맴도는 멜로디가 된다. 어지러움, 그들의 손에 들린 한 움큼의 금발. 울다가는 그들의 성질을 더 건드릴지도 모른다는 두려움.

결국 나는 고통에 익숙해질 거라는 생각을 했다. 어떤 의미로는 노동자들이 등의 통증에 익숙해지듯이 사람들은 고통에 익숙해진다. 가끔은, 그래, 고통이 다시 기승을 부리기도 한다. 사람들은 고통에 완전히 익숙해진다기보다는, 고통을 감추는 법을 배우면서 고통을 받아들인다. 아버지에 대한 기억. 등이 아파서 밤새도록 옆방에서 울부짖고 날카로운 비명을 질러 대다가 심지어 눈물마저 흘리던 아버지, 그런 아버지에게 코르티손 주사를 놔주러 온 의사, 그러고 나면 어머니의 염려 섞인 질문. 대체 어떻게 의사에게 줄 돈을 마련하지. 어머니는 이런 말(도)을 했다. 등 통증은 가족력이니, 유전이야. 게다가 공장 일까지 하니 얼마나 힘들어. 등 통증이라는 문제가 공장 일의 혹독함이 낳은 결과라는 것을 인지하지 못한 채였다.

또래의 다른 여자들이 대학 공부를 시작하고 주말이면 데이트를 하는 나이에 감각이 사라져 가는 손목과 손, 닳아 가는 관절에 익숙해지는 계산대의 여자들. 남자들은 그런 일을 하면 격이 떨어진다고 생각하기에 계산원은 여자들에게 한정된 직업이다. 마치 젊음이 생물학적 사실, 그러니까 나이나 인생의 한 시기와 관련된 단순한 문제가 아니라 청소년기라는 이름으로 한데 묶이는 그 모든 정서나 경험을 누릴 수 있는 — 유복한 환경 덕분에 — 사람들에게만 한정된 일종의 특권 같다. 우리 마을과 주변 마을의 여자아이들 상당수가 계산원이 되듯이. 스물다섯 살에 벌써 계산원이 된 사촌 누나는 내게 더는 못 하겠다는 이야기를 들려줬다. 더는 못 해먹겠어, 한계야. 어쨌든 그녀는 지나친 신세 한탄을 하는 법이 없는 터라, 자신은 다행히도 빈둥거리며 노는 대신 일을 하지 않느냐는 말을 매번 덧붙였다. 불행하다고는 말 못 하겠어. 일이 없거나 훨씬 더 힘든 직업을 가진 사람들도 있거든. 난 놀고먹지는 않잖아. 매일 일터로 늘 시간 맞춰 가지. 그녀는 밤이면 미지근한 물에 두 손을 담그고 고통스러운 관절들을, 계산원의 직업병을 달래야만 했다. 관절염 때문에 온몸이 뻣뻣하게 굳는 바람에 편치 않은 밤들. 숙였다 폈다 숙였다 폈다 하다가 관절염이 생겼거든. 사람은 고통에 완전히 익숙해지지 않는 법이다.

적갈색 머리의 꺽다리와 굽은 등의 작다리가 내게 최후의 펀치를 날린다. 그러고는 갑자기 떠나갔다. 곧 둘은 다른 이야기를 시작했다. 일상의, 밍밍한 문장들. 이런 사실은 내게 상처를 줬다. 그들이 나의 삶에서 중요한 것보다 나는 그들의 삶에서 덜 중요했으니까. 나는 생각과 고뇌 전부 다를 그들에게 쏟아붓는다, 그것도 눈 뜨자마

자. 그토록 재빨리 나를 잊을 수 있는 그들의 능력에 속이 상했다.

사내 노릇

복도에서 마주치는 그 아이들이 자신들의 행동을 폭력적이라고 규정했을는지는 알 수 없다. 마을 남자들은 그 말을 절대 하지 않았고, 그런 말을 입에 올리는 법이 없었다. 사내라면 폭력은 자연스럽고 자명한 그 무엇이었다.

마을 남자들이 다 그렇듯이, 아버지는 폭력적이었다. 마을 여자들이 다 그렇듯이 어머니는 남편의 폭력에 대해 불평했다. 어머니는 술에 취했을 때의 아버지의 행동에 대해 특히 불평을 늘어났다. 네 아버지가 얼큰히 취하면 무슨 일이 벌어질지 아무도 몰라. 사랑의 술에 취한 날이면 짜증 나게 들러붙지. 뽀뽀를 퍼붓고 사랑해 여보를 줄줄 흘려 대. 그게 아니면 고약한 술에 취한 건데, 그런 날이 더 잦단다. 그러면 나도 더는 어쩔 수가 없어. 계속해서 나를 둔탱이, 뚱땡이, 망구탱이라고 불러 대니까. 내 등 뒤에서 *끈질기게* 욕질이잖니. 남동생이 텔레비전 채널을 바꾸자고 부탁했다가 아버지의 성질을 건드렸던 그 성탄절 전날 저녁때처럼, 아버지의 좋지 않던 기분이 분노로 탈바꿈하는 일이 가끔 벌어졌다. 그런 날이면 그는 벌떡 일어섰다. 그러고는 제자리에, 가만히 서 있었다. 두 주먹은 불끈 쥐고 얼굴은 갑작스레 자줏빛을 띠었다. 또 있다. 두 눈에 차오르는 눈물과(눈물은 술을 마셔야만 흐른다. 사내라는 건 울지 않는다는 것) 알아들을 수 없는 중얼거림. 그가 맨 먼저 하는 일은 식탁 주위를 한 바퀴 돌고, 서성이는 거였다. 지루해하거나 생각에 잠긴 사람의 서성거림이 아니라 분노를 어떻게 주체해야 할지 모르는 사람의 서성거림. 그러다가 어쩌다 보면 벽을 향해 걸어가게 되고, 그러면 주먹으로 있는 힘껏 벽을 내려쳤다. 그 집에서 20년을 지내고 나니 벽은 패인 자국으로 뒤덮였다. 어머니는 남동생이나 여동생이 유치원에서 가져오는 그림으로 그런 흔적을 가렸다. 벽토가 묻어 밤색이 된 그의 손가락에서는 피가 흐르기 시작했다.

그는 변명을 늘어놨다. 내가 흥분해 봤자니까 겁먹을 필요 없어. 무서워하지 말라고. 난 너희들을 사랑한다. 내 자식이고 내 마누라잖아. 불안해하지 마. 그저 벽을 칠 뿐이야. 마누라나 자식은 절대 안 때려. 이 집 벽을 전부 망가뜨려 놓을지언정 내 애비, 그 얼간이처럼 식구들 면상을 후려치지는 않는다고.

아버지는 자기 아버지의 이미지로부터 멀어져야 한다는 강박 관념에 사로잡혀 있어서 식구들에게 폭력적으로 대하는 큰형에게 악감정을 품고 있었다. 아버지는 큰형의 행실에 대해 무척 박하게 평가했고, 나아가 일종의 증오심까지도 보여 줬다. 큰형은 노동자 양성을 위해 만들어진 자격증인 산업 시설 정비 직업 교육 수료증을 취득한 뒤 고등학교 진학을 포기했고, 빠르게 술에 빠져들었다. 그의 경우는 고약한 술이었다.

우리는 그러한 사실을 형이 몇 달 전부터 사귀어 온 여자아이들 중 한 명을 통해 알게 되었다. 그 여자아이는 한밤중에 우리 부모가 깰 때까지 끈질기게 전화벨을 울려 댔다. 어머니가 전화를 받았다. 어머니가 부엌(거실, 식당……)에서 말하는 소리가 들려왔다. 문이 없으니까.

어머니는 다시 말해 달라고 부탁했고, 분노했다. 뭐, 아니, 다시 말해 봐, 세상에, 설마, 그런 개자식이 다 있나. 그 뒤로 이어지는 외침과 갖가지 간투사들.

어머니가 당혹감과 충격에 빠져 아버지를 불렀다. 그런 일이 최초로 벌어진 때가 바로 이때였다. 이 최초의 사건이 있은 뒤로는 자잘한 점까지도 판박이인 격렬한 언쟁이 끊이지 않고 이어지게 된다.

어머니가 소리를 질러 댔다. 일어나, 그놈의 자식이 또 사고를 쳤어. 이번엔 심각해, 정말로 심각하다고. 술을 마시고 여자 친구를 팼대. 개가 전화로 그러더라고, 온몸이 멍들었고 피가 나요, 얼굴이 거의 알아볼 수 없을 정도예요. 개가 뭐랬는 줄 알아? 솔직히 댁의 아드님을 사랑해요, 어머님도 존경하고 곤란하게 만들어 드리고 싶진 않지만 고소를 해야겠어요. 그럴 수밖에 없어요, 제겐 아이들이 있거든요. 부득이 나를 때리는 건 그렇다고 쳐요. 하지만 내 아이들은요. 전 아이들 때문에 겁이 나요. 댁의 아드님을 잘 아시겠지만, 술만 마셨다 하면 폭력을 휘둘러요. 절 때린 게 이번이 처음은 아니죠. 그런데 이번엔 너무 나갔어요. 전에는 말씀을 안 드렸던 것뿐이에요. *근심하실까 봐요.* 형과 같이 사는 여자는 구타로 인한 피하 출혈이 몸 여기저기에 생겼음을 확인해 주는 진단서를 떼려고 의사를 만났다. 그녀는 고소를 했고, 형은 한 번 더 사회봉사 명령을 이행해야 했다.

누나는 정반대되는 일을 겪었다. 누나와 형 사이에, 남성과 여성 사이에 완벽한 대칭이 그려졌으니, 그건 꼭 거울과 같았다. 누나는 집에서 몇 골목 떨어진 곳에 사는 한 사내와 연을 맺었다. 마을의 여자아이들은 종종 마을의 남자아이들, 혹은 몇 킬로미터 떨어진 곳의 남자아이들과 동거한다. 그는 자동차가 생기기 전에는 오토바이를 타고서 누나를 만나러 왔다. 진짜 수컷에게 오토바이는 여자아이를 꾀는 수단이어서, 그들은 보란 듯이 바퀴 하나로 오토바이를 몰거나, 미끄러지는 묘기를 선보이거나, 뒤에 여자아이를 태움으로써 강하게 어필했다. *봤지, 제법 쓸 만하지, 내 오토바이.*

둘은 얼마 안 되어 작은 아파트에서 동거 생활을 시작했다. 여전히 한 마을의 몇 골목 떨어진 곳에서. 그는 일을 하지 않았다. 어머니는 여자가 남자를 먹여 살리는 것을 온당치 않다고 생각해서 이 관계를 참아 주지 못했다. 어찌 됐든 간에, 여자애한테 빌붙어 살고 여자애 돈을 갖다 쓰는 게으름뱅이와 함께 살 수는 없지. 집안의 남자는 그놈 아니냐.

그치가 누나에게 주먹질을 했다는 것을 알아차린 건 어머니다. 어머니는 누나가 점원으로 일하는 마을 빵집에 들렀다가 온 길이었다. 그때 누나가 이상하며 쌩쌩하지 않고 창백하다는 걸 알아차렸다. 내 엉덩짝처럼 허여멀겋더라고, 애가. 그러고는 강력하게 주장했다. 내 생각에 그래, 확실하지는 않아. 하지만 내가 정신 나간 건 또 아니잖니. 거의 확신해. 걘 내 딸이잖아, 내가 기저귀를 갈아 가며 키웠다고. 보자마자 뭔가 잘못되어 가고 있더라니까. 난 바보가 아니야. 눈 밑에 멍 자국이 있는 걸 봤다고. 그 녀석이 두드려 팬 것 같더라니까.

그다음 날 누나가 부모를 보러 왔다. 영화도 볼 겸 어머니와 수다도 떨 겸 해서 왔다. 적어도 여자들끼리는 옷 얘기라도 할 수 있거든. 오른쪽 눈 아래에 정말로 불그스름하고 누르스름한 멍 자국이 있었다. 부모는 누나가 도착하고 몇 분이긴 하지만 아무 말도 하지 않고 가만히 있었고, 그러다가 아버지가 말을 꺼내는데, ― 폭발하는데가 보다 적확한 표현이리라 ― 차분한 태도를 가장하고 목소리를 높이지는 않았지만 일종의 억제된 난폭함과 억눌린 폭력이 느껴졌다. *네 눈 밑의 그 자국은 대체 뭐냐?* 누나의 눈길에 드러난 공포, 더듬거림. 누나가 입을 열어 말 한 마디 시작도 하기 전에 우리 모두는 누나가 거짓말을 하려 든다는 것을 알았다. 누나는 별것 아니라고 말했다. *아무것도 아니에요, 계단에서 굴러서 가구에 부딪혔어요.* 그러고는 당혹스러움을 감추려고 농담을 덧붙였다. 자신의 거짓말을 우리가 알고 있음을 이미 깨달았으니까. *아시잖아요, 제가 주의력이 빵점인 걸, 정말 멍청이같이 굴 때가 한두 번이 아니라니까요.* 아버지는 계속 누나를 바라봤는데, 점점 더 성이 났고 점점 더 자신의 상태를 숨기기가 쉽지 않았다. 아버지는 벽을 주먹으로 내려칠 때처럼 분노로 얼굴을 일그러뜨렸다. 아버지는 누나에게 지금 나를 놀리는 거냐고 물었다. 아버지는 계속 그런 녀석과 어울린다면 더는 너를 보고 싶지 않다고 말했고 그 뒤 몇 달 동안 누나를 보지 않았다. 우리는 아버지의 반응이 치우쳤다는 것을 알고 있었다. 누나가 이 일의 책임자는 아니었으니까. 하지만 아버지는 이번에도 역시 성질을 억누르지 못했다. 게다가 그러려는 노력도 거의 하지 않았고 심지어 그렇다는 것을 대놓고 자랑하기까지 했다. 나는 말이지, 성질 있는 남자라고. 고분고분 끌려다니지 않아. 난 성질이 나면 성질을 내지. 그게 그의 사내 노릇이었다. 무엇보다도 그가 흡족해하는 날들이 있었는데, 어머니가 그를 떠맡아 이런 말을 하는 때였다. 이러고저러고 간에, 뭘 어쩌겠니. 그렇게 생겨먹은 걸. 자기는 사내라고. 사내란 그래. 부르르 끓어오르는 덴 금방이지만 잠잠해지는 덴 시간이 걸려. 그런 날이면 아버지는 어머니의 말을 못 들은 척했지만, 입술에는 자부심이 그득한 미소가 걸려 있었다.

꼭 한 번 그가 진짜 수컷 노릇을 하기 난감한 상황에 처했는데, 말했다시피 자기 아버지와는 달리 식구들에게 손찌검을 하지 않겠다는 데에 명예를 걸었던 그와 큰형 사이에 싸움이 벌어졌을 때였다.

우리는 9월에 마을에서 열린 축제 겸 장터(고작해야

회전목마 한두 대로, 사람들이 생각하듯이 엄청난 규모의 축제가 아니다)에서 돌아오는 길이었다. 특히 이런 축제일은 남자가 아내에게 변명을 늘어놓지 않고서도 카페에서 밤늦도록 술을 마실 수 있는 1년에 몇 안 되는 날인데, 평일이라면 남편이 저물도록 카페 카운터 앞에서 뭉그적대고 있으면 아내가 직접 찾으러 오기 일쑤였다. *아이들이 밥도 못 먹고 기다리잖아, 당신이 술 퍼먹는 데 쓰는 봉급도 그렇고.*

그 축제일 저녁에 아버지는 큰형과 남동생을 데리고 카페에 있었다.

나는 그 자리에 없었는데, 술 취한 남자들이 시사 문제라든가 마을의 최근 소식에 대해 이러쿵저러쿵 의견을 늘어놓는 그런 장소가 두려움을 불러일으켜서 그랬다. 술 취한 남자들, 거의 단 한 번의 예외도 없이 동성애자에 대한 증오 표현으로 이야기를 끝맺는 그 남자들이 흔히 그러듯 내 얼굴에 침을 튀겨 가면서 말할 때면, 술 냄새가 풍겨 오던 그들의 숨결.

아버지와 큰형이 함께 술을 마시고 있을 때 남동생이 사라졌다. 두 사람이 동생 이름을 불렀다. 당장 걱정을 했던 건 아니었는데, 몇 년 전에 자신들이 그랬듯이 회전목마 옆에서 폭죽을 터뜨리고 있을 거라고 생각했다. 세대를 이어 가며 마을 사람들이 정확하게 되풀이하는 동일한 체험과, 어떤 형태의 변화든 간에 그에 대한 그들의 저항. *진정 즐기려면 이건 꼭 해야 해.*

차츰차츰 장터에서 사람들이 빠져나갔고 카페도 마찬가지였다. 한 줌도 안 되는 사람들만이 남았다. 그러자 아버지와 큰형이 동생을 찾아다니기 시작했고, 한밤중의 대기에는 주변의 숲에서 내뿜는 냄새가 떠돌았다. 신선하고 축축한 흙과 버섯과 소나무의 향기. 두 사람이 동생의 이름을 소리쳐 불렀다. 루디, 루디. 아무런 대답이 없었다. 그들은 다른 사람들에게 물었다. 혹시 못 봤어요? 아직 그곳에 남아 있던 주민들 전부가 동원된 대규모 수색대가 갑자기 생겨났다. 사람들이 골목마다 나뉘어 들어가는 모습이 보였고, 그곳에서는 루디, 루디라는 이름이 메아리처럼 퍼져 나갔다. 그 이름이 사방에서 솟구치고 번져 갔다. 마을 전체가 그 이름을 합창하기 시작했고 누군가의 입에서 나오는 한 명의 루디는 매번 점점 더 많아지는 여러 명의 루디들을 탄생시켰다.

아버지는 텔레비전에서 유괴 사건에 대해 떠드는 걸 들었던 터라 불안했다. 소아 성애증은 그 자체로 마을에 불안감을 조성하는 전설이었다. 텔레비전 뉴스를 보다가 우리가 사는 곳에서 가까운 북부 지역에서 소아 성애 범죄가 일어났다는 이야기가 나오면, 부모는 여러 날 동안 내가 밖에 나가는 것을 금지했다. 그런 놈들은 말이야, 불알을 다 떼어 아가리에 처넣어 준 뒤 죽여야 해. 사형을 왜 금지했는지 당최 이해가 안 간다고. 그거야말로 말도 안 되는 헛짓거리를 한 거지. 그러니까 이제 와서 점점 더 성범죄자들이 늘어나는 게 아니야. 맞장구치는 어머니의 말. 아, 맞아. 그게 나도 이해가 안 가, 왜 여전히 그런 놈들을 죽이지 않는 건지. 어머니도 수색에 합류했고 울며 소리쳤다. 아, 내 아들에게 무슨 일이 일어난 거면, 납치만은 아니기를. 아이를 납치해서 강간하거나 죽이는 놈들이 점점 늘어나고 있다는데.

드디어 누군가가 우리를 불렀다.

남동생은 집 앞 계단에 앉아 있었다. 동생의 설명은 피곤했다는 것이다. 다른 사람들이 돌아오기를 기다리면서 이곳에서 쉬려고 했단다. 부모가 눈물을 흘렸다. 루디를 품에 안고서 다시는 그러면 안 된다고 말했다. 큰형은 화를 냈다. 술을 너무 많이 마신 상태였다. 그는 집요하게 남동생을 추궁했다. 그가 왜 그런 짓을 했을까? 남동생은 괴물처럼 거대한 육신을 지닌 큰형 앞에서 — 1미터 90에 110킬로, 어쩌면 그 이상, 그리고 말을 할 때면 흔들리는 이중을 넘어선 삼중 턱 앞에서 — 바싹 굳어 아무런 말도 하지 못했다. 큰형은 부모를 향해 그들의 물러터진 태도를 비난해 댔다. 애한테 필요한 건 몽둥이찜질이야. 다시는 그런 짓 못 하게 흠씬 패줘야 한다고. 그래야지, 그렇게 해야만 남자가 되는 거라고. 더 이상 입을 다물 수도 마음을 가라앉힐 수도 없었던 형은 자기가 이보다 어렸을 때는 잘못 행동하면 따귀를 맞았으며 그런 식으로 키워지지 않았노라고 단언했다. 게다가 형편도 더 안 좋았어, 완전히 달랐어. 돈도 더 없었고 외상을 달아 놓거나 레스토 뒤 쾨르에 음식물 꾸러미를 찾으러 갈 때면 수치스러웠지.

　(실제로 우리는 한 달에 한 번, 빈곤층에게 나눠 주는

음식물 꾸러미를 찾으러 그곳에 갔다. 나는 우리가 가면 우리에게 허용된 판형 초콜릿에다가 늘 몇 개를 더 얹어주는 자원봉사자들과 친해졌다. 아, 우리 에디가 왔구나, 요즘은 어떠니? 그리고 침묵을 강권하는 부모. 말하고 다니면 안 돼. 특히 레스토 뒤 쾨르에 간다는 건 절대 안돼. 그런 이야기는 식구끼리나 하는 거지. 부모가 말해주고 자시고 할 것도 없이, 나는 아주 오래전부터 이런 일이 수치를 의미함을 알았기에 무슨 일이 있어도 그에 대해 지껄이지 않으리라는 것을 그들은 깨닫지 못했다.)

레스토 뒤 쾨르나, 고기를 살 수 없어서 아빠가 잡아오는 물고기들을 매일 먹는 일, 그런 건 쟤들은 안 겪었잖아. 그런 일이 잦았고, 끝내는 구걸을 해야만 했어. 큰형은 거짓말을 했는데, 알코올이 그렇게 만들었다. 그가 구걸을 해야만 했던 적은 결코 없었다. 우리를 아주 엄하게 키웠잖아, 계집애 같은 사내애들로는 안 키웠지. 그리고 아무 짓이나 하면 그냥 넘어가지 않았어. 그렇게 호락호락하지 않았다고. 그런데 지금은 어쩌고 있는지 보라고. 그가 나를 향해 돌아섰다. 붉게 충혈된 두 눈, 입아귀를 타고 흐르는 침 그리고 말 한 마디 내뱉을 때마다 금방이라도 토사물을 쏟아 낼 듯한 신트림. *에디를 봐. 애를 어떻게 키워 놨는지, 애가 지금 어떤 꼬라진지. 계집애처럼 굴잖아.*

매번 그러듯이 나는 놀란 시늉을 했는데, 사람들이 내게 그런 말을 하는 게 처음이라는 생각이 들게 하려는 것이었다. 그러니까 진단 오류라고, 내 형이 제정신이 아니라고, 만약 어머니 아버지도 이미 같은 생각을 했다면 그건 가족이 단체로 병을 앓는 것이라고 생각하게 말이다.

큰형은 남동생도 나같이 계집애처럼 되는 일만은 피해 갔으면 했다. 이에 대해서는 나도 똑같은 번민을 겪었다. 큰형은 그 사실을 몰랐지만, 나는 루디가 학교에서 얻어맞기를 바라지 않았고 걔를 이성애자로 만들겠다는 생각에 강박적으로 사로잡혀 있었다. 나는 루디가 아주 어렸을 때부터 본격적인 작업에 착수했다. 쉬지 않고 남자아이들은 여자아이들을 좋아하는 법임을, 심지어 때로 동성애는 혐오스럽고, 완전 역겨운 그 무엇이어서 저주와 지옥과 질병으로 이어지게 됨을 루디에게 쉬지 않고 되뇌어 줬다.

갑자기 큰형이 내게 달려들면서 소리쳤다. *죽여 버리겠어, 죽여 버릴 거야.* 어머니가 나를 보호하기 위해 큰형에게 달려들었다. 훗날 이 이야기를 할 때 어머니는 자신은 호락호락하지 않으며, 여자라서 겁에 질리지는 않는다는 말을 하게 되리라. *난 상대가 사내라고 겁을 먹지는 않아. 그렇긴 하지만 네 형은 워낙 우람한 데다가 떡 벌어졌잖니. 어쨌든 내가 불알 없이 태어난 여자들처럼 아무것도 못 한 채 손끝 맺고 있지는 않는다고.*

어머니가 중간에 끼어들어서 큰형이 나를 때리기 전에 붙들었다. 어머니는 형이 입 다물게 하려고 애썼다. 형보다 더 크게 소리를 질러서 그의 외침을 덮으려다가 어찌나 세게 소리를 질렀는지 목소리가 갈라졌다. *그건 안 돼. 네 동생은 건드리지 마. 다치게 하지 마. 동생까지 때리려 들다니, 갈 데까지 갔구나. 진정해, 진정하라고. 그리고 내 자식들을 어떻게 키워야 하는지는 네가 이러쿵저러쿵할 일이 아니지. 아이들 다섯을 키워 낸 나한테 뭘 해야 하고 뭘 하지 말아야 하는지를 알려 줄 사람이 너는 아니지. 너도 자식들을 키워 봐라, 알게 될 게다.* 큰형은 나를 노려보고 주먹을 휘둘러 대며, 앞에서 막아서는 어머니를 옆으로 치워 버리려 들었다. 어머니가 계속 방해하자 큰형이 어머니를 밀쳤는데, 처음에는 부드럽다가 점점 더 폭력적으로, 아니 적어도 점점 더 거칠어졌다. 동생은 건들지 마, 동생은 건들지 말라고. 형이 어머니를 향해 손을 치켜들었다. 이번에 사이에 끼어든 사람은 아버지였다. 그동안에, 어머니가 큰형을 붙잡아 두는 동안에 아버지는 뭘 했는지에 대해서는 나도 뭐라고 말해야 할지 모르겠다. 아마 그 역시 큰형에게 그만두라고 소리 지르지 않았을까 싶다. 아버지는 큰형을 진정시키기에는 어머니가 더 낫다는 생각을 했던 것 같다. 아버지 생각에는 여자가 남자보다 성격이 더 부드럽기 마련인데, 그건 아내들이 카페 입구에서 싸움질을 하는 남편들을 떼어 놓는 장면에서 잘 드러났다(*이제 됐어, 얼간이 짓은 그만, 주먹질은 그만들 하라고요. 아내가 팔을 움켜쥐고 있는데도 계속 버둥거리며 싸우려 드는 남편. 저 새끼 상판을 짓이겨 놓을 테다. 악살박살을 내놓겠어. 그러다가 제정신이 돌아오면 아내에게 하는 말. 미안, 여보, 미안. 그렇게 성질을 내는 게 아니었는데, 하지만 저 새끼가 자꾸 날 건드리잖아, 정말 날 건드렸다니까, 가만*

당하고 있을 수는 없잖아).

　아버지는 형의 주먹이 어머니에게 닿지 못하게 제때 큰 형을 떼어 놓았다. 아버지는 분노보다는 걷잡을 수 없는 사태 악화에 놀라서 형에게 무슨 일이냐고, 왜 동생을 때려죽이겠다고 하고 친어머니에게 손찌검을 하려고 드느냐고 물었다. 그러더니 애원했다. 나는 혼란스러운 마음으로 그 장면을 지켜보았다. 나는 아버지가 그 누군가에게 애원하는 모습을, 하물며 자기 자식들에게 그러는 모습을 보는 데에 익숙하지 않았다. 아버지는 자식들에게 거의 매일 자신의 권위를 일깨워쥐 왔다. *이 지붕 아래에서는 내가 대장이야.* 아버지는 형에게 진정하라고 부탁했다. 형이나 동생들인 우리나, 동일한 방식으로 똑같이 교육시키며 키웠다고 다독였다. 아버지는 우리에게 결코 그 어떤 특혜도 준 적이 없노라고 맹세했다. *난 차별하지 않았어.* 그가 형과 누나의 *생물학적 아버지*는 아니라도 말이다. 아버지는 형에게 우리와 똑같이 너희들도 사랑했노라고 말했다. 우리에게 에디가 생겼을 때, 다른 사람들이, 그러니까 내 집안사람들이 이런 말을 했어. *자키, 이제야 만족하겠군. 자네의 첫 번째 아이가 아*

닌가. 게다가 운 좋게 사내아이이기까지 하니. 그러면 내가 이런 대꾸를 했지. 천만에, 어림도 없는 소리. 에디는 우리의 첫애가 아니야, 내겐 큰 애들 둘이 이미 있으니까. 걔네는 반쪽짜리 자식이 아니라고. 내 자식이든가 아니든가이지. 반쪽짜리 자식이라니, 그건 말도 안 되는 소리야. 그런 건 없어.

큰형 뱅상의 귀에는 아버지의 말이 들리지 않았다. 그는 아버지가 독백을 늘어놓는 동안 억지를 부리고, 울부짖고, 말을 더듬고, 내게 갖은 욕설을 퍼부었다. 더는 참지 못한 큰형이 목적을 이루려, 결국엔 나를 때리려 들었다. 어머니는 그러한 변화를, 갑작스레 실행에 박차를 가하려는 형의 의지를 느꼈다(훗날 어머니는 이렇게 이야기하리라. 내 그때 즉각 알아봤지, 사태가 걷잡을 수 없어지리라는 걸 말이야. 뱅상, 걔 성격이야 내가 잘 아니까, 내가 낳았잖니). 어머니가 내게 화장실에 숨어서 꼼짝 말고 있으라고, 문은 열쇠로 잠그라고 말했다. 에디야, 변소로 뛰어가서, 열쇠로 문 잠가라. 큰형의 초조함이 거세졌다. 그가 아버지를 때렸다. 아버지는 스스로를 방어하려 들지 않으면서 아들과 싸우기를 거부했고, 싸우려 들지 않았다. 아버지는 내게 그랬듯이, 가끔씩 벌을 주려고 큰형의 따귀를 때린 적이 있었는데, 그때는 형이 아버지에게 버르장머리 없이 말할 때였다. 청소년기의 위기……. 하지만 이런 상황에서는 아들을 때리려고 하지 않았고 아들과 진짜로 싸우려는 생각이 없었다. 아버지는 처음에는 맞아 주면서 그저 형을 붙들려고, 가능한 한 타격을 줄이려고 애를 썼을 뿐이다. 화장실에서 떨고 있던 나는 그런 장면을 하나도 보지 못했다. 그다음 날 어머니에게서 전해 들었다.

그 뒤 시작된 싸움. 아버지는 자신을 방어하지 않을 수 없었다. 내 귀에 들려온 것은 서로 뒤섞이는 여러 목소리들, 형에게 아버지를 때리지 말라고, 그만두라고 애원하는 어머니의 울부짖음, 두 번의 고통스러운 외침(아픈 등 때문에) 사이에 그저 상대방에게 묻는 선에서 그치고 마는 울먹이는 아버지의 목소리였다. 대체 왜 그러냐? 무슨 일이냐? 결국 들려온 뱅상의 대답. 당신들은 내 부모가 아니야, 뒈져도 나랑 아무 상관 없다고. 뒈지든가 말든가.

뱅상의 목소리가 더는 들려오지 않았다. 갑자기 사태의 심각성을 깨닫고는 도망간 거였다. 화장실에서 나와 보니 아버지가 바닥에 뻗은 채 흐느끼고 있었다. 일어서지도 움직이지도 못하는 상태였다. 움직이지 않는 아버지의 몸에서, 특히 그의 눈에서 수축과 긴장이 느껴졌는데, 육체에 갑작스러운 마비가 찾아올 때 수축과 긴장이 나타나는 곳이 바로 거기다. 그리고 몸을 일으키려는 그의 헛된 노력. 염병, 앞으로 내 평생 다시는 걸을 수 없을 거야, 그게 느껴져, 빌어먹을, 느껴진다고. 어머니는 두려움과 겁에 질려 가쁜 숨을 내쉬며, 자신을 도와 아버지를 일으켜 보자고 했고, 그런 어머니의 눈길 속에서는 여전히 어른거리는 뱅상의 그림자가 보일 것만 같았다. 나는 중풍 걸린 삼촌이 병상에서 떨어지면 옮겨 눕히곤 했다. 누군가 다른 사람이 두 팔을 잡으면 나는 두 다리를 잡아 줬다. 우리는 아버지를 일으켜 보려고 했지만 성공하지 못했다. 어머니가 말했다. 대단한 짐승일세. 아버지는 몸을 조금만 움직여도 비명을 질러 댔다.

어머니가 의사를 불러야만 하고 다른 선택의 여지가 없으며 아버지의 등이 고장 났다고 말했다. 어머니는 아버지의 고통을 덜어 주는 건 주사밖에 없음을 알았다.

1시간쯤 뒤 의사의 도착. 어머니가 미리 말했던 대로 의사는 주사를 놓아 주었다. 아버지는 그런 자세로 무려 열흘이 넘도록 누워 있었고, 의사는 규칙적으로 들러 주사를 놓아 주며 다독였다. *벨낄 씨, 괜찮아질 겁니다.* 아버지의 대꾸. *천만에, 그럴 리가요, 선생님, 내 생각에는 평생 푸성귀처럼 너부러져 있거나, 아주 짧게 이러고 있다가 갈 겁니다.*

어느 날 오후, 아버지가 의사를 기다리는 동안 어머니가 내게 알려 왔다. 아버지가 내게 할 말이 있다는 거였다. 아버지와 나 사이의 침묵에 익숙해 있었던지라 나는 놀랐다. 어머니 역시 뜻밖인 듯 목소리에 놀라움이 담겼으며 고개를 들어 하늘을 바라봤다. 나는 방으로 들어갔다.

내가 가까이 다가갔다. 아버지가 뭔가를, 반지를, 자신의 결혼반지를 내밀었다. 아버지는 반지를 끼라고, 그리고 소중히 간직하라고 말했다. *느낌이 와서 그래, 네게 이 말은 해야겠어. 아빠는 곧 죽을 거야, 난 알 수 있어,*

오래 버티지 못할 거다. 그리고 이 말도 해야겠는데, 내가 널 사랑한다는 것, 그리고 넌 네 아들이라는 것, 어쨌든 넌 내겐 첫아들이란다. 사람들은 이런 말을 아름답고 감동적이라고 생각하겠지만, 내게는 전혀 그렇지 않았다. 아버지의 널 사랑한다는 역겨웠고, 그런 말은 근친상간적인 느낌으로 다가왔다.

아침 나절 어머니의 초상

내게는 어머니가 있다. 어머니는 중학교에 들어간 내게 무슨 일이 닥쳤는지 알지 못했다. 어머니는 가끔 내가 학교에서 어떤 하루를 보냈는지 알아보려고 무심하고 초연한 태도로 질문을 했다. 그런 일이 잦지는 않았는데, 그런 일은 어머니다운 것이 아니었다. 나의 어머니 역시 거의 본인의 의사와는 상관없이 어머니가 된 경우였다. 너무 일찍 어머니가 되었던 그런 어머니들. 어머니는 열일곱에 임신이 되었다. 그녀의 부모는 그런 식의 행실은 신중하지도 못하고 어른스럽지도 못하다고 말했다. 더 조심했어야지. 그녀는 조리 직업 자격증 과정을 중단하고 자격증도 없이 학교 시스템에서 벗어나야만 했다. 학업을 중단해야 했지만, 난 능력도 있었고 아주 영리했지. 더 높은 공부를 할 수도 있었는데, 직업 자격증 과정을 계속 밟고, 그리고 나서 또 다른 것들도 할 수 있었는데.

마을에서는 여자들이 아이를 만드는 이유가 여자가 되기 위해서인 양 모든 일이 이루어진다. 아이가 없다면 진정 여자가 된 게 아니다. 그런 여자들은 레즈비언, 불감증 환자처럼 간주된다.

학교가 끝나는 시간에 맞춰 교문 앞에 모여든 여자들이 수군댄다. *저 여자는 저 나이에 아직도 아이들이 없지? 정상은 아니야, 레즈일 거야, 틀림없어. 아님 불감증이거나, 욕구 불만이거나.*

훗날 나는, 다른 곳에서는 완벽한 여성이란 자신을, 자기 자신을, 자신의 경력을 가꿔 나가는 여자이지 너무 일찍, 너무 어린 나이에 아이를 만드는 여자가 아니라는 것을 깨닫게 되리라. 심지어 가끔씩은, 그런 완벽한 여성마저도 청소년기에, 너무 오래는 말고 몇 주, 며칠, 그저 즐기려고 레즈비언이 될 권리를 갖기까지 한다.

신랄하고 아주 억센 성격의 누나는(어머니나 마찬가지로, 남성 중심의 사회에서 살아남으려면 성깔 있는 여자가 되어야만 한다) 어머니가 아무렇게나 방치해 놓은 그러한 어머니 역할에 대해 불평하며, 둘이 같이 해본 일이 아무것도 없고 자신과 아무것도 함께 나누지 않았다고, 같이 옷을 사러 간다든가 모든 어머니와 딸들이 함께 할 법한 그 모든 일들을 함께 하지 않았다고 어머니를 비난했다. 그러면 부끄러워 화가 난 어머니는 대화를 잘라버렸다. *빡치게 하지 마.* 혹은 누나의 그러한 지적 앞에서 침묵을 지키다가 나중에 내게만 따로, 자신은 누나가 왜 그렇게 자기한테 못되게 구는지를 이해할 수 없노라고, 그리고 자신도 누나가 말했듯이 딸과 쇼핑을 할 수 있었더라면 좋았을 거라고. 하지만 — 어쨌든 한 지붕 아래에 살고 있으니 네 누나도 모르려야 모를 수가 없겠지. 네 누나가 바보는 아니니까 — 어린 자식들을 돌보고 밥 먹이고 청소를 하는 등의 집에서 해야만 하는 그 모든 일들로 피곤해서 그럴 수가 없었다고, 그리고 어찌 됐든 간에 아무것도 살 수 없었을 테니 상점들을 돌며 하루를 보내는 것은 쓸데없는 짓이었으리라고 말했다.

어머니는 아침마다 줄담배를 피웠다. 천식을 앓았던 나는 가끔씩 끔찍한 발작에 시달렸고, 그러고 나면 삶보다는 죽음에 더 가까운 상태에 놓이게 됐다. 잠이 들 때마다 내일 아침에 깨어나지 못하리라는 느낌이 들 수밖에 없는 그런 날들도 있었고, 약간의 산소로 내 폐를 채우자면 형용할 수 없는 엄청난 노력을 기울여야만 했다. 담배가 내 호흡 곤란을 더 악화시킨다고 말하면 어머니는 벌컥 화를 냈다. 담배를 끊게 하려고 애들을 쓰던데, 공장에서 내보내서 우리가 호흡하는 온갖 더러운 것들, 그 온갖 연기라고 더 나은 건 아니거든. 담배 연기가 최악은 아닌 거지. 담배를 안 피운다고 해서 뭐가 변하겠냐고. 어머니는 성을 냈고 끊임없이 성질을 부렸다.

그러니까 자주 화를 내는 여자였다. 기회만 왔다 하면 항의를 했다. 하루 종일토록 정치인들과 복지 수당을 축소하는 개혁에 대해, 마음속 가장 깊은 곳에서 증오하는 공권력에 대해 항의한다. 하지만 엄벌이 문제로 떠오르면, 아랍인이나 술, 마약, 본인이 판단하기에 문란하다 싶은 성적 행동에 대한 엄벌이 문제가 되면 공권력을 열렬히 원한다. 어머니는 종종 말한다. 이 나라에는 질서가 좀 필요하지.

몇 년 후 나는 슈테판 츠바이크의 마리 앙투아네트에

대한 평전을 읽다가, 배고픔과 가난에 시달려 잔뜩 성이
난 여자들이 1789년에 베르사유로 몰려가서 항의를 하
던 중에도 군주가 모습을 드러내자 자연스럽게 *국왕전
하 만세!*라고 외치는 장면을 기술한 대목에서, 내가 유년
기를 보낸 마을의 주민들과 특히 나의 어머니를 떠올리
게 되리라. 권력에의 전적인 복종과 항시적 항거 사이에
서 찢긴 ─ 그들 대신에 발언을 해왔던 ─ 그들의 육신.

   요컨대 분노에 찬 여자다. 하지만 자신에게 늘 들러붙
어 있는 그러한 증오를 가지고 무엇을 해야 할지는 알지
못한다. 홀로 텔레비전 앞에서, 혹은 아이들을 데리러 온
다른 어머니들과 교문 앞에서 분개한다.
   떠올려 볼 법한 일상의 광경. 그러니까 작은 광장(새
로 아스팔트를 깐)과 다른 마을에서도 흔히 볼 수 있으
며 이끼와 담쟁이로 하단이 뒤덮인 제1차 세계 대전 전
사자 위령비. 그러한 광장 주위로 교회와 구청과 학교.
대부분의 시간에는 인적 없는 광장. 마을 여자들은 수업
이 끝나고 나오는 아이들을 데려가려고 매일 정오에 그
곳에 몰려든다. 여자들은 직장에 나가지 않는다. 그중 몇

명은 직장에 나가지만 대부분의 경우 아이들을 돌본다. 난 *아이들을 돌봐요.* 반면에 남자들은 직장에 다닌다. 그들은 공장 혹은 다른 곳에서, 주로 공장에서 일한다. 마을 사람들 대다수를 고용하는 공장은 주석 생산 공장으로, 나의 아버지가 일했던 곳이며 마을의 삶 전체를 지배했다.

어머니는 아침마다 텔레비전을 켰다. 아침 풍경은 매일이 똑같았다. 아침에 눈을 뜨자마자 내 눈앞에 떠오르는 이미지는 그 두 사내아이의 이미지였다. 그 둘의 얼굴은 내 머릿속에 또렷이 그려졌고, 내가 그 얼굴들에 집중하면 할수록 세세한 모습들은 ─ 코, 입, 눈빛 ─ 가차 없이 내게서 빠져나갔다. 내가 그 얼굴에서 기억해 둔 것은 오로지 공포였다.

나는 정신을 집중할 수가 없었고, 어머니는 텔레비전에 아무런 관심 없이 살 수 있다는 것을 상상하지 못했다. 내 말은, 정말로 그런 상상이 가능하지가 않았다는 거다. 텔레비전은 항상 어머니가 들어 있는 풍경의 일부였다. 우리는 작은 규모의 주택에 살면서 네 대의 텔레비전을, 방마다 한 대씩 그리고 유일하게 공용 공간인 거실에 또 한 대를 두고 있어서, 그것을 좋아하는가 좋아하지 않는가라는 질문은 제기될 수 있는 성질의 것이 아니었다. 텔레비전은 언어나 의복에 관한 관습처럼 어머니에게 강제되었다. 우리는 텔레비전 수상기들을 산 적 없었고, 아버지가 쓰레기 처리장에서 주워 와 수리했다. 훗날 고등학교에 진학하여 도시에서 혼자 살게 될 텐데, 내 거처에 와본 어머니는 텔레비전이 없는 것을 확인하고서는 내가 미쳤다고 생각하게 되리라. 어머니의 목소리에 담긴 어조에서 갑작스레 광기와 맞닥뜨린 사람에게서 감지되기 마련인 불안감, 불안정이 여실히 드러났다. 그런데 대체 텔레비전이 없으면 그 많은 시간에 뭘 한다니?

어머니는 내 남자 형제나 여자 형제들과 마찬가지로 내게도 텔레비전을 시청하라고 끈질기게 권했다. 만화영화를 보렴, 유익하다니까. 등교하기 전에 스트레스를 좀 풀어야지. 학교가 네게 왜 그런 영향을 미치는지 모르겠구나, 별거 아니란다. 진정하렴.

아침마다 나의 스트레스가 폭발하자 어머니는 마침내

걱정이 되어 의사를 불렀다.

　하루에 몇 차례 몇 방울씩 물약을 복용하게 하여 나의 긴장을 풀어 주는 걸로 결정이 났다(아버지는 빈정거렸다. 미치광이 수용소에서처럼 말이지). 어머니는 그 일에 대한 질문을 받으면 내가 늘 신경이 예민했다고 대답했다. 심지어 어쩌면 활동 항진일지도 모른다고. 그저 학교일뿐인데, 내가 왜 그것에 그렇게 많은 중요성을 부여하는지 어머니는 이해하지 못했다. 어머니는 내가 그토록 불안해하면서 의자에 가만히 앉아 있지를 못하니까 어머니 자신도 불안해진다고, 그래서 내가 나대로 만화 영화에 집중해 보려고 애쓰는 동안 자신은 좁은 거실에서 계속해서 더 많이 담배를 피우게 되는 거라고 말했다. 어머니는 기침을 해댔고, 기침 소리가 점점 더 격렬해졌다. 계속 이러다간 골로 가겠네. 내 뭐랬니, 관에 들어갈 날이 얼마 안 남았다니까.

　가끔 나는 꼬리뼈에서부터 목덜미로 진행되는 떨림, 오한에 사로잡혔는데 어머니는 알아차리지 못했지만 억누를 수 없는 경련에 뒤흔들리는 느낌이었다. 나는 시간을 다스릴 수 있을 거라고 생각했다. 나는 아침나절의 할 일들을 하나하나 실행에 옮겼다(세수, 핫 초콜릿 타기, ─ 우유가 떨어지면 물로 ─ 이 닦기, ─ 늘 그런 건 아니고 ─ 세수하기, 샤워는 하지 않기. 어머니는 내게 주의를 주며 되풀이해서 말했다. 매일 씻고 샤워할 수는 없어, 따뜻한 물이 충분하지 않으니까. 식구는 일곱인데 따뜻한 물은 작은 통 하나잖니, 애개개 싶은 작은 통에 비해 너무너무 많아. 이름값 하느라고 그 주뎅이만 열었단 봐라. 뭐라고 말대꾸할 생각은 시작도 마. 어머니에게 말대꾸하는 거 아니다. 어머니가 하라는 대로 하는 거야. 따따부따는 이젠 그만. 샤워한 다음에 다시 온수 보일러를 틀기만 하면 된다는 대꾸는 하지 마라. 네가 그런 말을 하면서 얌체같이 굴려고 입을 여는 게 벌써 눈에 선하다. 내가 널 잘 아니까. 수도세, 전기세가 얼만지는 너도 잘 알지. 그렇게는 지불할 능력이 없단다. 그리고 어머니가 결코 빼먹는 적이 없는 이 농담. 내겐 납부해야 할 공과금들이 있단다. 전력 공사 다니는 애인이 있는 것도 아니거든. 목욕하는 날에는, 아이들 다섯이 차례로 들어가 씻어야 한다며 전기와 물을 더 이상 쓰지 못하게 욕조에

받았던 물을 버리지 말라고 윽박질렀다. 그러니 마지막에 씻는 아이는 ─ 나는 그 처지가 되지 않으려고 할 수 있는 일이라면 뭐든지 다 했다 ─ 때가 둥둥 떠다니는 시커먼 구정물을 물려받았다).

나는 이러한 일상의 행위들 하나하나를 가능한 한 오랜 시간을 끌면서 수행했다. 운동장, 그다음에는 복도에 도착하는 시간을 인위적으로 늦추기. 중학교로 우리를 데려다주는 통학 버스를 놓칠 거라고 진심으로 믿지도 않으면서 매일 그러한 희망을 되풀이하여 품기. 스스로에게 하는 거짓말.

한 달에도 여러 차례 어머니는 내게 집안일을 도우라며 학교에 가지 않아도 된다고 허락했다. 내일은 학교에 가지 말고 집 안 청소를 도우렴. 매일 쓸고 닦고, 집안일을 혼자서 다 하는 데 진력이 났다. 이 너절한 집에서 노예 노릇 하는 데도 진력이 났구나. 내가 아버지를 도와서 겨울에 쓸 ─ 북부 지역의 겨울은 길고도 혹독한데, 집들은 단열이 잘 안 되어 있고 장작을 때기 때문에 몇 주에 걸친 준비가 필요하다 ─ 장작을 패거나 아버지와 삼촌이 특별히 장작을 보관할 용도로 지은 헛간에 장작을 쟁여 놓는 일을 돕는다면, 혹은 어머니가 이웃집에 놀러가서 저녁나절을 보내는 동안 어린 동생들, 루디와 바네사를 돌본다면 학교에 안 가도 된다는 허락이 났다. 어머니는 이웃 여자와 함께 취해서 집으로 돌아왔고 서로 레즈비언 같은 농담들을 해댔다. *이년아, 거기 좀 핥아 줄까.* 학교를 빼먹는 것은 보상이었다.

이웃의 또 다른 여자애인 아나이스는 호감을 표시하려고 통학 버스 타는 데까지 함께 가자며 나를 데리러 왔다. 나는 그런 식의 관심이 싫다는 것을 어떻게 이해시켜야 할지를 몰랐다. 그 아이는 내가 가능한 한 느릿느릿 가려고 하거나 돌아가려고 들면 내 발걸음을 재촉했다. 아나이스는 여자애였기 때문에 내게 우정을 베풀기가 훨씬 더 쉬웠다. 여자애들은 호모에게 말을 걸어도 더 쉽게 용서받는다. 그 시기에 드물게 존재하는 친구들은 사실 다 여자아이들이었다. 아멜리 혹은 아나이스. 나는 버스 정류장이나 마을 주변의 들판에서 그 두 여자아이를 다시 만나 몇 시간이고 함께 놀았다. 이런 교우 관계에 (사내라면 사내아이들과 어울려서 공을 차야지, 여자아이들과 어울리는 게 아니다) 당황한 어머니는 스스로를, 그리고 주위 사람들을 안심시키려고 애를 썼다. 하지만 어머니가 이 문제에 대해 해명을 할 때면 어머니의 눈빛에서는 머뭇거림 이상의 것이, 일종의 불안이 느껴졌다. 마치 다른 때라면 몰래 혼자 말해 버릇했던 것들을 치워 버리고 사라지게 만들려는 듯이 다른 여자들에게 주절거렸다. *에디, 걔는 진짜 동 쥐앙이지 뭐야, 여자애들하고만 있다니까. 남자애들하고는 있는 법이 없어. 여자애들이 전부 다 걔를 원한다고. 확실한 건, 걔가 호모가 될 일은 없을 거라는 거지.* 어쨌든 아나이스는 다른 사람들이야 뭐라 떠들든 그런 말에 대해서는 비웃어 버리는 살짝 독특한 아이였다. 광장에서 수다를 떠는 여자들이 자기 어머니에 대해 지껄이는 말들을 하도 듣다 보니 그런 말들은 비웃는 법을 배우게 됐던 거다. *얘, 네 어머니는 아무 놈이나 올라타게 내버려 두잖니. 네 아버지도 속인다니까. 시청 공사장 인부들이랑 자는 걸 본 사람이 한둘인 줄 아니, 몸 파는 년이지, 뭐.*

우리, 그러니까 아나이스와 나는 공장 앞을, 노동자들

앞을 지나다녔다. 그들은 하루의 노동을 시작하기 전이나, 한밤중에 일을 시작한 경우라면 휴식 시간 동안 담배를 피워 댔다.

그들은 북부 지역 특유의 안개가 휘감고 돋든 비가 내리든 간에 개의치 않고 담배를 피웠다. 아직 본격적으로 하루를 시작하지 않은 노동자들도 벌써 얼굴, 아니 면상, 그래, 면상이 핼쑥하고 초췌했다. 어쨌든 그들은 웃어 대면서 여자나 아랍인에 대한 농담을, 그들이 좋아하는 농담을 주고받았다. 나는 그들을 볼 때마다 애가 달아서 머릿속으로 그 장소에 나를 세워 보며, 열여섯이 되어 마침내 더 이상 학교 가는 길을 오가지 않아도 될 때와 당시의 나 사이를 몇 해의 기간이 갈라놓고 있는지를 일주일에도 여러 번, 하루에도 여러 번 세어 보고, 거기 공장에 들어가게 되면 돈벌이를 하고 더는 중학교에 가지 않아도 되리라고 꿈꾸며 가능한 한 빨리 학교를 그만둬야겠다는 생각을 품었다. 그리되면 더 이상 그 두 사내아이를 안 볼 수 있으리라. 열여섯이 되자마자 학교를 그만두고 싶다는 열망을 피력하자 어머니는 짜증을 감추지 못했다. 내 경고하는데, 넌 학교에 다닐 거다. 네가 안 다니면

85

내가 가족 수당을 뺏기게 되거든, 그럴 수야 없지.

그즈음, 어머니의 가장 충동적인 반응을 촉발했던 것이 일상의 다급함이었다지만(부족한 돈), 어머니는 내가 공부를, 자기보다 더 높은 공부를 하는 모습을 보고 싶다는 열망 또한 정기적으로 거의 애원하다시피 피력했다. 네가 살아가면서 나처럼 개고생하는 건 싫어. 난 막살았고 후회해. 열일곱에 애를 뱄잖니. 그 뒤로 엄청 고생했고, 한자리에 머물면서 아무것도 못 했지. 여행도, 아무것도. 평생을 집 안 살림을 하느라, 내 새끼들이 싸지른 것이든 내가 돌보는 노인네들이 싸지른 것이든 간에 똥치다꺼리를 하느라 평생을 다 썼지. 난 바보짓을 했단다. 어머니는 실수를 저질렀다고, 진정 원한 것도 아니면서 보다 나은 삶, 보다 쉽고 보다 편한 삶, 가계를 제대로 꾸려 가지 못하리라는 끊임없는 근심이나(아니, 차라리 항시적 불안이나) 공장과는 거리가 먼 삶을 향해 나아가는 길을 막아 버렸다고 생각했다. 단 한 번 잘못 내디딘 발걸음이 월말이 되면 먹고 살 수 없는 상태로 이끌 수 있었다. 그녀는 자신이 밟아 온 길, 본인은 실수라고 부르는 그것이 되레 완벽한 논리 위에 거의 미리 결정되어 있는 준엄한 메커니즘의 일부임을 이해하지 못했다. 그녀는 자신의 가족, 부모, 형제자매, 자식들까지, 마을 주민 거의 전부가 동일한 문제를 겪었음을, 따라서 그녀가 실수라고 부르는 것이 사실은 당연한 상황 전개의 가장 완벽한 표출일 뿐임을 깨닫지 못했다.

어머니가 들려준 이야기를 통해 드러난
어머니의 초상

어머니는 본인 삶에, 혹은 아버지의 삶에 일어난 몇 가지 에피소드를 내게 이야기해 주는 데 많은 시간을 보냈다.

어머니는 삶이 지루했고, 지루함과 무시무시한 노동의 연속일 뿐인 삶의 공허를 메우려고 말을 했다. 행정 서류에 전업주부로 기입하라고 내게 말했듯이 어머니는 오랫동안 전업주부로 있었다. 그녀는 내 출생 증명서에 인쇄된 무직이란 표현에 의해 모욕당하고 더럽혀졌다고 느낀다. 남동생과 여동생이 더 이상 손길이 가지 않아도 될 정도로 자라자 어머니는 일을 하고 싶어 했다. 아버지는 자신의 남자 자격을 문제 삼는 것이기라도 한 양 그것을 격 떨어지는 일로 여겼다. 가정에 봉급을 갖고 와야 하는 것은 바로 자신이었으니까. 어머니는 본인이 해보 겠다고 나설 수 있는 직업들이 공장, 가정부 혹은 슈퍼마 켓 계산원 등의 힘든 일임에도 불구하고 취업을 열렬히 원했다. 어머니는 논쟁을 불사했다. 어떤 의미로는 스스 로를 상대로, 그리고 남편이 실업의 위기에 몰렸을 때 (아버지는 공장에서 해고당했는데, 그 이야기는 나중에 하겠다) 여자가 일하는 것을 격 떨어지는 일로 보게끔 밀어붙이는 그 뭐라 이름 붙이기 힘들고 파악하기 힘든 힘을 상대로도 논쟁을 벌였다. 긴 논쟁 끝에 아버지는 마 침내 승낙을 했고, 어머니는 몇 년 전에 아버지가 입었고 이제는 좀이 슬고 당연히(아버지의 건장한 어깨) 자신에 게는 너무 큰 붉은 방수복을 걸치고 자신의 녹슨 자전거 에 올라탄 채 이 집에서 저 집으로 이동하면서 노인네 셋 기는 일을 시작했다. 마을 여자들은 웃어 댔다. 벨끨댁은 저 방수복을 입으면 풍채가 그럴듯해. 어느 날 어머니가 아버지보다 더 많은 돈을 벌어 오자, 그러니까 아버지는 겨우 7백 유로를 벌었는데 어머니가 1천 유로를 웃도는 돈을 벌어 오자, 아버지가 더는 참지 못했다. 아버지는 어머니에게 아무런 도움도 안 되니 일을 그만두라고, 우리에겐 그 돈이 필요 없다고 말했다. 7백 유로면 일곱 식구에게 충분하리라.

어머니는 나를 상대로 많은 이야기를 했다. 긴 독백을. 내 자리에 나 대신 다른 누군가를 갖다 놨더라도 어머니는 아랑곳없이 계속 이야기를 했으리라. 어머니에게는 자기 이야기를 들어 줄 누군가가 필요했을 뿐이어서 내 의견은 깡그리 무시했다. 어머니가 말을 걸면 난 텔레비전을 켰다. 어머니는 기죽지 않고 계속 말을 했다. 나는 볼륨을 올렸다. 그래도 소용없었다. 아버지의 참을성이 바닥이 났다. 아, 이 뚱땡이 여편네, 우리 다 돌아 버리겠어, 수다쟁이 같으니라고. 어머니는 마을 광장에 모여 수다 떠는 여자들이 그러듯이 혼잣말을 해댔고, 그래서 그것이 여자들에게 퍼지는 일종의 병이라는 생각이 들 정도였다. 마을 여자들이 학교 앞 광장에 모일 때면 서로 겹쳐지며 꼬리를 물고 이어지는 장광설이 펼쳐졌고, 진정 상대방의 말에 귀 기울이는 사람은 아무도 없었다.

아무나 들어 주는 사람을 붙잡고 어머니가 종종 해주

는 이야기 하나. 어머니는 나를 낳기 전에 아이를 하나 잃었단다. 그런 일이 벌어지리라고 생각지도 못했는데 화장실에서 아이를 잃었고, 그런 일은 그런 식으로 예고도 없이 어느 오후에, 해도 해도 먼지가 완전히 제거되지 않는 집 안을 청소하려던 참에 일어났다. 그럴 수밖에 없는 것이 옆에 밭이 있어서 하루 종일 트랙터들이 지나다녔고, 그 바람에 뒤에 남겨진 흙먼지가 벽이 부슬부슬 떨어져 나가는 집의 실내로 스며들어 왔다. 어머니의 절망적인 어조. 청소를 해봤자야. 절대 깨끗해지지 않는다니까. 이 너절한 집이 무너져 가는데 애면글면하고 싶겠냐.

변기 안으로 떨어졌단다.

몇 년 뒤, 어머니는 이 일화를 이야기할 때면 즐거워했다. 미소를 지으면 늙고 누런 피부가 더 두드러졌고, 담배를 너무 피워 목소리는 걸걸하고 거칠었는데, 또한 너무 커서 다른 사람들에게서 이런 말을 들었다. 말할 때 그만 꽥꽥거려, 닥쳐, 귀청 찢어지겠네(어떤 때는 아버지가 내게도 그런 말을 해도 된다고 허용했다).

어머니는 웃기 좋아하는 여자다. 어머니는 그 점을 누

누이 강조했다. 난 즐거운 게 좋아, 귀부인인 척 안 한다고, 난 단순하지.

어머니가 내게 그런 말들을 하면서 어떤 감정을 느꼈을지 모르겠다. 어머니가 거짓말을 했는지, 힘들었는지, 모르겠다. 그렇지 않았다면 변명이라도 하듯이 그 말을 그렇게 자주 되풀이했겠는가? 어머니는 어쩌면, 어차피 귀부인은 될 수 없으니 자신은 귀부인이 아니고, 이건 자명하다는 말을 하고 싶었던 걸까. 단순한 여자라는 것, 그런 자부심은 결국 수치심의 으뜸가는 표출이 아닐까. 또한 때때로 어머니가 했던 해명. 너희도 알겠지만, 사람이 노인네 엉덩이 씻겨 주는 일이 직업이라면, 뭐. 이런 식의 표현은 어머니 스스로 사용한 것이다. 내 직업은 노인네들, 죽어 가는 노인네들 엉덩이를 씻겨 주는 거야 (이야기를 해나가다가 이 대목에 이르면 등장하는 농담, 늘 똑같은 농담. 독감이 유행하거나 삼복더위라도 들면 끝장이지. 난 그길로 실업자 신세라고). 겨우 냉장고를, 찬장을 채울 정도의 돈을 벌겠다고 저녁마다 똥탕질을 마다 않는 두 손(어머니가 표현하지 않고는 못 배기는 후회. 아이가 다섯이 되기 전에 멈췄어야 했는데, 먹여

93

살릴 입이 일곱이나 되는 건 너무 힘들어). 불행하고 모욕적인 방식으로 학교생활을 했기에 제대로 국어를 구사하지 못하는 어려움. 네 형이 생겼으니 어쩔 수 없었지, 어쨌든 난 학교를 그다지 좋아하지 않았거든. 항상이렇게 말했던 건 아니다. 높은 공부를 더 할 수 있었는데, 직업 자격증을 딸 수도 있었다고. 학교가 정말로 재미있었던 적은 없었노라는 말이 어머니 입에서 나오는때도 있었다. 어머니가 하는 말들이 일관적이지 않거나모순적인 게 아니며, 일종의 전향자의 오만함으로 내가믿는 가치들과 — 나의 부모, 나의 가족에 반해서 나를구축해 나가면서 획득하게 됐던 가치들 — 양립이 더 잘되는 또 다른 논리성을 어머니에게 강제하려고 들었던것은 바로 나였고, 특정 언설과 실천을 생산해 내는 논리들을 재구성해 낼 능력이 없는 사람에게만 일관성이 결여된 것임을 깨닫는 데 여러 해가 걸렸다. 수많은 언설들이 어머니를 가로질러 지나갔고, 그러한 언설들이 어머니를 통해 말을 했고, 어머니는 공부를 하지 못했다는 수치심과 어머니 스스로도 말해 왔듯이 어쨌든 난관을 헤치고 빠져나와 잘생긴 아이들을 낳아 놨다는 자부심 사이에서 늘 갈팡질팡했으며, 이 두 종류의 언설은 하나가 없으면 나머지 하나도 존재하지 못한다는 것 또한 깨닫게 됐다.

매일매일 조금씩 더 무너져 내리는 집에서 살고 있다는 수치심. *이건 너절한 집도 못 돼. 그저 폐허일 뿐이라고.*

한마디로, 어쩌면 어머니가 말하고 싶었던 것, 그것은 이런 것일는지도 모르겠다. *내가 원한다 해도 난 귀부인이 될 수가 없어.*

어머니가 나를 상대로 이야기할 때면, 흥분이 고조됨에 따라서 목소리가 점점 더 커져 갔다(가족을 떠나 도시로 가게 됐을 때, 나를 곤혹스럽게 만든 것. 고등학교에 가자 친구들이 내게 조금 덜 크게 말하라고 끊임없이 부탁했다. 나는 부르주아 가정에서 자란 젊은 남자의 차분하고 침착한 목소리가 끔찍할 정도로 샘이 났다). 어머니는 문득 화장실에 가고 싶은 생각이 강하게 들었다고 얘기했다. *난 변비에 걸린 줄 알았단다. 변비에 걸렸을 때처럼 배가 아파 왔거든. 변소까지 막 달렸지. 그리*

고 바로 거기에서 풍덩 뭔가 떨어지는 소리를 들었단다. 뭔가 하고 내려다보니 아이가 보였어. 그때 난 어찌할 바를 모르고 잔뜩 겁이 났어. 얼간이처럼 물을 내렸지 뭐니. 난 뭘 어째야 하는지를 몰랐어. 아이는 좀체 내려가질 않았고, 그래서 나는 변기 솔로 아이를 건져 올리면서, 동시에 물을 내렸단다. 그러고는 의사를 불렀더니 의사가 어서 큰 병원으로 가라고 했지, 심각한 상태일 수도 있다고. 그가 나를 진찰했지만 심각한 문제는 전혀 없었어.

어머니와 아버지는 다시 아이를 갖기 위해 온갖 시도를 다했다. 아버지에게는 그게 우선순위였다. 네 아버지는 정말로 아이를 원했거든, 남자니까. 너도 알겠지만, 남자들이란 자존심이 대단하잖니. 네 아버지는 가정을 갖고 싶어 했지. 네 아버지는 어머니나 형제자매들에게는 제일 사랑스러운 자식이고 동기였지만 아버지에게는 아니었어. 그분이야 감옥에 계셨으니까. 네 아버지는 아이를, 그러니까 딸아이를 원했지만 우리에겐 네가 생겼지. 네 아버지는 딸아이가 생기면 로렌이라고 부르려고 했단다. 난 투덜거렸어, 난 딸아이, 앉아서 오줌 싸는 게

집애들은 더는 갖기 싫었거든. 그렇게 첫애는 잃었지만 널 가졌단다. 네 아버지는 첫아이를 잃고 힘들어했지. 추스르는 데 시간이 좀 걸렸어. 계속 질질 짜더라고, 그렇게 힘들지는 않았는데. 난 애가 잘 들어섰거든. 피임을 하고서도 애를 뱄으니까. 그리고 쌍둥이(내 남동생과 여동생)도 낳았잖니. 어쨌든, 뭐. 그리고 이건 우리끼리 얘긴데 말이야, 네 아버지, 그 양반 거시기 힘이 끝내주거든.

나도 그 사실을 모르지 않았다.

집이 좁고, 방과 방 사이에 문이 없어서 ─ 그저 석고보드와 커튼을 이용해 방들을 나눴을 뿐 문이나 진짜 벽을 세울 여력은 없었다 ─ 아버지가 벌거벗은 모습을 종종 보았다. 부끄러움을 모르는 아버지. 아버지는 벌거벗고 있는 게 좋다고 말했다. 나는 그걸 나무랐다. 아버지의 몸은 내게 깊은 혐오감을 불러일으켰다. 나는 홀딱 벗고 돌아다니는 게 좋다, 내 집이니, 내가 하고 싶은 대로 해야지. 아직까진 이 집에서는 내가 아버지고, 내가 명령한다.

부모의 침실

부모의 침실에는 가로등 불빛이 어른거렸다. 세월과 북부 지역의 추위와 비에 닳은 덧문 사이로 약한 빛이 스며들어 와 형체일 뿐일지언정 그 움직임 정도는 짐작할 수 있었다. 방에서는 축축한 습기가 느껴졌고 눅눅한 빵에서 나는 냄새가 났다. 그뿐만 아니라, 스며든 불빛에 보이는 떠다니는 먼지들은 유영하는 듯했고, 더 느리게 흘러가는 다른 시간대로 이동하는 것 같았다. 난 그렇게 몇 시간이고 꼼짝하지 않고서 먼지들을 지켜봤다. 아주 어렸을 때 나와 어머니의 사이는 무척 가까웠다. 어린 사내아이들에 대해 흔히들 말하듯, 어머니에 대해 그들이 갖는 끈끈한 유대감. 수치심이 어머니와 나 사이의 거리를 넓히기 전의 일. 이전에는 어머니가 아무나 붙잡고서 내가 바로 어머니의 자랑스러운 아들이고 그 사실에는 추호의 의심도 없다고 외쳐 대었다.

　어둠이 내리면, 설명할 길 없는 공포가 나를 사로잡았다. 나는 홀로 잠들고 싶지 않았다. 형, 누나와 방을 함께 쓰니 혼자 자는 게 아님에도 그랬다. 바닥은 시멘트고, 벽에는 건물에 밴 습기와 마을 근처 늪지 때문에 생겨난 거뭇하고 둥근 커다란 얼룩들로 뒤덮인 5제곱미터짜리 침실. 왜 어머니와 아버지는 바닥에 양탄자를 깔지 않는 거냐고 물어볼 때 어머니가 느꼈던 거북함(수치심이라는 말을 한 번 더 되풀이하지 않으려고 *거북함*이라는 표현을 쓰지만, 사실 그건 수치심과 관련 있었다). *그렇지, 양탄자를 깔면 좋겠지, 어쩌면 그럴지도 몰라.* 그건 거짓이었다. 나의 부모는 그걸 구입할 능력도, 그리고 싶은 생각조차도 없었다. 그것을 할 수 없다는 불가능성이 그것을 원할 수 있는 가능성을 막았고, 그로 인해 이번에는 이런저런 가능성들이 차단됐다. 어머니는 자신을 행동할 수 없는 상태로, 자기 자신과 자신을 둘러싼 세계에 대해 영향을 미칠 수 없는 상태로 묶어 두는 그 악순환 속에 갇혀 있었다. 네 방에 양탄자를 깔면 물론 좋겠지만 넌 천식이 있잖니. 너도 잘 알겠지만 양탄자, 그게 천식 환자들한테는 아주 위험하거든.

나는 잡지에서 오려 낸 텔레비전 시리즈물의 여주인 공들이나 쇼 프로그램에 나오는 가수들의 포스터로 곰 팡이 자국을 가렸다. 진짜 수컷들이 그러하듯 랩이나 테 크노 음악을 하는 가수들을 좋아하는 큰형은 비웃었다. 계집애들 음악만 듣는 게 지겹지도 않나(지금도 기억하 는데, 어느 날 형을 따라서 빵집에 가게 됐을 때 형이 가 는 내내 진짜 남자라면 어떻게 걸어야 하는지를 가르쳐 주었다. 이제부터 네가 어떻게 해야 하는지를 보여 주겠 어. 너처럼 그렇게 걷는 건 말도 안 된다고. 혹시 친구들 을 만나게 될지도 모르는데, 네가 그렇게 걷는다니, 절대 안 돼. 친구들 앞에서 내가 어찌 낯짝을 들고 다니겠냐).

침실 공간은 2층 침대 하나와 텔레비전을 올려놓은 목 재 가구 한 점만으로도 꽉 찰 정도여서 작은 방 안에 들 어서자마자 곧바로 침대와 맞닥뜨렸다. 겨우 발을 들여 놓을 정도인 몇 제곱센티미터의 공간. 침대와 텔레비전 만으로도 포화 상태가 되는 공간. 형은 밤새도록 텔레비 전을 봤고 나는 잠에 들기가 힘들었다.

따라서 나를 방해하는 텔레비전뿐만이 아니라 특히 홀로 잠드는 것에 대한 두려움 때문에 나는 한 주에도 여러 차례, 우리 집에서 드물게도 문이 달려 있는 부모의 침실 앞으로 쫓아갔다. 나는 곧장 들어가지 않았고, 문 앞에서 그들이 끝내기를 기다렸다.

대부분의 경우, 나는 집 안 여기저기로 어머니를 졸졸 따라다니는 그런 습관이 있었다(그것도 열 살이 먹도록. *정상이 아니야.* 어머니는 말했다. *정상이 아니야. 애는*). 어머니가 욕실로 들어가면 나는 문 앞에서 기다렸다. 나는 억지로 문을 열려고 했고 벽에 발길질을 했고 울부짖고 눈물을 흘렸다. 어머니가 화장실에 가면, 어머니가 연기처럼 사라질까 봐 겁이라도 난 양 어머니를 지켜볼 수 있도록 문을 열어 놓으라고 요구했다. 어머니는 볼일을 볼 때마다 항상 문을 열어 놓는 습관을 들이게 될 텐데, 이 습관은 훗날 내게서 극렬한 혐오감을 불러일으키리라.

어머니가 처음부터 무르게 나왔던 건 아니다. 내 행동은 툭하면 운다고 나를 분수라고 불렀던 큰형의 화를 돋웠다. 형은 사내놈이 그렇게 울 수 있다는 걸 참아 내지 못했다.

어머니를 졸라 대면 어머니는 결국에 물러서고 말았다. 아버지, 그는 소리를 지르고 엄하게 구는 쪽을 택했다. 두 사람은 그들을 넘어서며, 사회적 압력에 의해서 강제되는 동시에 의식적으로 재생산되는 역할을 서로 나눈 듯했다. 어머니의 말, *양전하게 굴지 않으면 아버지에게 말할 거야.* 그리고 아버지가 아무런 반응을 보이지 않으면, *자키, 본인 역할을 좀 해보지, 염병.*

겁에 질려 잠을 이룰 수 없는 그런 날 밤에는 부모의 침실 앞으로 갔고, 그러면 문을 통해 점점 더 단속적으로 바뀌어 가는 그들의 호흡이, 억누른 외침이, 벽이 너무나도 얄팍해서 들을 수 있는 그들의 숨소리가 느껴졌다(나는 석고 보드 판에 스위스 칼로 간단한 말들을 새겨 넣었다. *에드의 방.* 그리고 이런 말도 안 되는 — 아예 문이 없었으니까 — 문장까지도. *들어오기 전에 가림 천에 노크해 주세요*). 신음 섞인 어머니의 말. *망할, 너무 좋아, 더, 좀 더.*

나는 그들이 끝내면 들어가려고 기다렸다. 이제고 저제고 간에 아버지가 거세게 울려 퍼지는 소리를 한 차례 내지르리라는 것을 알았다. 그 외침이 침실로 들어갈 수 있음을 알리는 일종의 신호라는 것을 알고 있었다. 침대 용수철이 삐걱대기를 멈췄다. 그 뒤를 잇는 침묵은 좀 전의 외침의 일부였기에 나는 몇 분, 몇 초를 조금 더 인내하며 문 열기를 늦추었다. 방 안에는 아버지가 내지른 외침 특유의 냄새가 떠돌았다. 오늘날에도 그 냄새를 느낄 때면 나는 어린 시절에 되풀이되었던 그 시퀀스들이 절로 생각난다.

나는 늘 천식 발작을 핑계 삼아 변명을 늘어놓는 걸로 시작했다. 두 분 다 아시겠지만, 할머니에게도 그런 일이 일어났잖아요. 천식 발작으로 목숨을 잃을 수도 있어요. 그런 일은 불가능하거나 상상할 수 없는 종류는 아니거든요(내가 이런 식으로 말하지는 않았지만, 이 글을 써 나가면서 당시 내가 사용했던 표현을 되살려 내려고 애쓰는 일에 진력이 나는 날들이 있다).

아버지는 분노를 터뜨리고 화를 내며, 내게 욕설을 퍼

부었다. 할머니니 천식이니 하는 이야기들, 아버지는 그런 이야기들을 믿지 않았다. 그건 구실이고 개소리다. 나는 그저 계집애들처럼 어두움이 무서울 뿐이다. 아버지는 커다란 목소리로 물어 댔다. 아버지는 어머니에게 내가 사내놈이 맞는지를 물었다. *저거 사내놈 맞아? 그래? 아니야? 염병. 노상 질질 짜고 어두움을 무서워하는 걸 보면, 진짜 사내놈은 아니지. 왜 저러지? 왜 저 모양이냐고? 대체 왜? 그렇다고 내가 쟤를 계집애처럼 키운 것도 아닌데, 다른 사내애들이나 마찬가지로 키웠잖아, 쌍.* 아버지의 목소리에서는 절망이 삐죽이 고개를 내밀었다. 사실 — 아버지는 이 사실을 몰랐다 — 내 스스로도 같은 질문을 던져 왔다. 나 역시 그런 의문에 사로잡혀 있었다. *나는 왜 끊임없이 눈물을 흘릴까? 나는 왜 어두움이 무서울까? 왜? 난 사내앤데, 왜 나는 진짜배기 사내애가 아닌 걸까?* 특히, 이 질문. *왜 나는 이렇게 행동하는 걸까? 왜 말을 할 때면 그런 몸놀림과 그렇게 커다란 손놀림을(미친년 같은 동작들), 여성스러운 억양과 날카로운 목소리를 내보이는 걸까.* 나는 이런 차이가 어디서부터 생겨난 건지를 몰랐고 그러한 무지에 상처 입었다.

(여전히 이 시기, 그러니까 열 살 무렵에, 어떤 생각 하나가 내 머릿속을 사로잡은 채 좀체 떠나지 않았다. 어느 날 밤 텔레비전을 보다가, —내 형제자매들이 친구 집에 자러 가는 바람에 집에 없으면 밤새 그러곤 했듯이—비만아를 위한 감량 센터에 대한 르포를 보게 되었다. 비만 청소년들은 독한 다이어트를 하게 몰아붙이는 팀의 관리를 받았다. 음식, 스포츠, 규칙적인 수면. 그 프로를 보고 난 뒤 오랫동안 나 같은 사람들을 위해 마련된 그와 흡사한 장소를 꿈꾸게 됐다. 두 사내아이의 유령에 시달렸던 나는 내 몸이 여성스러운 성향에 절로 굴복하는 일이 벌어질 때마다 나를 매질하는 교육자들을 상상했다. 나는 목소리, 거동, 시선을 유지하는 방식 등에 대한 훈련을 받을 수 있기를 꿈꿨다. 중학교 컴퓨터실에서는 그러한 연수를 악착스럽게 검색하는 일에 열을 올렸다.)

몸놀림, 여자 같은이란 말들이 내 주위에서 어른들의 입을 통해 끊임없이 흘러나왔다. 중학교에서만 그런 게 아니었고, 그 두 소년으로부터만 나온 것도 아니었다. 그 말들은 면도날과 같아서 그런 말이 들리면 그 말들은 몇 시간이고 며칠이고 나를 갈기갈기 찢어 댔고, 그 말들을 물릴 때까지 곱씹었다. 나는 그들이 옳다고 스스로에게 되뇌었다. 나는 변하기를 바랐다. 하지만 몸은 말을 듣지 않았고 모욕적인 말이 기승을 부렸다. 몸놀림이니 여자 같은이니 하는 말들을 입에 올리는 마을 어른들이 늘 욕설 특유의 억양에 그런 말을 실어서 모욕 주듯 말했던 건 아니다. 그들은 때로 놀라워하며 그 말을 입에 올렸다. *대체 걔는 사내애가 왜 여자처럼 말하고 행동하려고 드는 거지? 브리지트(나의 어머니), 그렇게 행동하다니, 자네 아들 이상한데.* 그렇게 놀라워하는 사람들 앞에서 내 목구멍은 콱 막혔고 아랫배는 똘똘 뭉쳤다. 내게도 물어 왔다. *왜 넌 그렇게 말하니?* 나는 무슨 말인지 못 알아들은 척했고, 나아가 묵살했다. 그러고 나면 뜨거운 이물질에 목구멍이 가로막힌 듯 부르짖고 비명을 지를 수 없으면서도, 그러고 싶은 욕망.

딸, 어머니, 할머니의 삶

나는 학교 복도와 부모 그리고 마을 주민들 사이에 갇힌 수인이었다. 유일한 휴식 공간은 교실이었다. 나는 학교를 좋아했다. 중학교, 중학교의 삶을 말하는 게 아니다. 그 두 사내아이가 있었으니까. 하지만 교사들은 좋았다. 그들은 *계집애*나 *더러운 호모 새끼*에 대한 말을 하지 않았다. 그들은 차이를, 우리는 평등하다는 공화국 학교의 담론을 수용해야 한다고 우리에게 설명했다. 피부색, 종교 혹은 성적 지향(이 표현, *성적 지향*이라는 말만 나오면 교실 뒤쪽의 남학생 무리가 늘 웃어 댔다. 그 아이들은 뒤쪽 패거리로 불렸다)으로 개인을 판단하는 일은 해서는 안 되는 일이었다.

나의 성적은 보잘것없었다. 그 어떤 방에도 조명이나 책상이 없었으니 학교 숙제는 거실에서 해야 했고, 그곳에서는 아버지가 텔레비전을 보거나 어머니가 같은 테이블 위에서 생선 내장을 꺼내며 중얼댔다. *이 시간에 뭔숙제라니.* 어쨌든 숙제는 지겨웠고, 나는 반복되는 결석과 우리 가족이 사용하는, 그러니까 결국 나의 것이기도한 언어와 문법에 맞지 않는 수많은 오류들과 우리가 표준 프랑스어보다도 가끔씩은 더 능란하게 구사하는 피카르디 사투리 때문에 소위 *기초 지식*이라고 불리는 것을 제대로 익히지 못했다.

그래도 나는 교사들에게 매달렸고, 교사들의 마음에 들기 위해서는 좋은 성적을 얻거나 혹은 적어도 이런저런 어려움에도 불구하고 분투한다는 인상은 주어야 한다는 것을 알았다. 그들에 대한 나의 고분고분한 태도에는 뭔가 미심쩍은 것이 있었다. 학교에서 고분고분한 것은 여성적인 특징이었다.

여학생들도 저학년에서만 그렇지, 결국엔 학교를 증오하고 교사들의 권위에 도전하기 마련이었다. 그건 그저 시간문제였다. 여학생들이 떨어져 나가는 것이 아주 조금 더 느릴 뿐이었다.

누나는 중학생일 때에는 장차 산파가 되겠다고 했지만 그 뒤로 결국 돈을 많이 벌기 위해서 스페인어 교사가 되겠다는 의사를 우리에게 알렸다. 우리는 교사를 프티부르주아로 여겼고, 아버지는 교육계에서 파업에 돌입하면 성질을 냈다. 그만큼이나 호주머니를 불리면서도 여전히 불평들이지.

진로 상담사와의 정기 상담에 불려 갔을 때 누나는 중학교 스페인어 교사가 되고 싶다는 소망을 피력했다. 그런데 학생도 알다시피, 요샌 학교 쪽도 꽉 막혔어요. 전부 다 교사가 되려고 하거든. 그런데 자리는 점점 더 줄어들고, 또 정부는 거기에, 그러니까 교육에 돈을 점점 덜 쓰려고 하죠. 보다 확실하고 위험 부담이 덜한 것을 해야 해요, 가령 판매 일 같은 것. 게다가 성적을 보니, 이런 말을 안 할 수가 없는데, 별로 안 좋더군요. 겨우 중간 정도이던데, 대학 입학 자격 고사를 간신히 볼 딱 그 정도네.

누나는 어느 날엔가 이런 상담을 받은 뒤, 자신의 계획을 변경하려고 드는 진로 상담 교사의 여러 시도 때문에

111

잔뜩 성이 나고 분개한 상태로 집에 돌아왔다. 도대체 왜 그렇게 짱나게 구는지 모르겠어, 그 인간은. 난 스페인어 교사를 할 거라고. 아버지의 반응. 깜둥이의 충고를 따를 필요는 없지 (상담 교사는 마르티니크 출신이었다).

누나는 처음에는 저항했다. 상담 교사는 누나를 여러 번 소환했다. 마지막 학년에 실습을 나가야만 했고 상담 교사는 누나를 마을 빵집에 연결해 줬다. 실습이 끝나고 몇 주 뒤, 누나는 어머니(실망의 토로. 그보다 나은 직업을 가지면 좋겠구만)에게 이제는 스페인어 교사가 아니라 판매원이 되고 싶다고 이야기했다. 누나는 자신의 최종 선택에 대해 확신했고, 결국 상담 교사가 옳았던 거다. 현장 실습 계열을 택하면 수입이 보장됐고, 그녀가 기대하는 그 수입이 들어오면 부모에게 돈이 없어서 청소년기 내내 박탈당했던 것을 해볼 수 있었다.

중학교 운동장에서 학생들을 감독하는 감독 교사를 보면서, 지금은 감독 교사이지만 이전에 어린 소녀였을 적엔 무엇이 되고 싶어 했을까를 상상해 봤다.

나는 그녀에게 말을 걸지 않았다. 두 사내애가 나를 때린다는 사실을 알아챌 수 없도록 가능한 모든 일을 했다. 몇몇은 내가 얻어맞아도 싼 계집애 같은 놈이라고 생각할지 모르지만 그렇게들 생각한다는 사실을 그녀에게 감추기. 감독 교사가 내가 애원하는 눈빛으로 — 이미 말했듯이 대부분의 경우, 비록 성공하지는 못했다. 두 사내애가 때릴 때 미소를 짓고 있으려고 애썼음에도. *이 머저리 자식, 대체 왜 웃는 거야? 우릴 깔보는 거야?* — 복도에 웅크리고 있는 모습을 발견하기를 바라지 않았다. 감독 교사가 걱정스러워하면서 내게 묻는 것도. *쟤네가 네게 왜 그런 짓을 한다니?* 그녀에게 대답해야 하는 일도.

내 기억 속에는 그 교사의 이름이 남겨 놓은 흔적조차 찾아볼 수 없다. 아마도 아르멜이나 비르지니였던 듯하다. 그녀에게 들씌웠던 별명들만 기억난다. 미친년, 나간이. 그녀는 감독 근무 중에 운동장이나 복도에서 혼잣말을 해댔다. 특히 자기 할머니에 대한 이야기를 끈질기게 질리도록 해대어 아이들은 말했다. *닥쳐요, 우린 개무시*라고. 감독 교사는 그래도 그 아이들을 벌주지 않았다.

그녀의 할머니는 내 할머니와도, 그리고 다름에 대한

자리라고는 찾아보기 힘든 마을이니만큼 비슷한 사연을 지니기 마련인 대부분의 할머니들과도 같은 사연을 지녔다.

그녀의 할머니는 겨울이 다가오고 날이 점점 짧아지면 추위로 고생했다. 그녀의 할머니가 이야기를 들려주는 방식은 내 할머니의 방식과 동일했다. 즉, 진정한 불평이라기보다는, 집 안으로 들어오는 추위와 추위로 곱아서 고통스러운 발가락에 대한 그저 서글픈 사실 확인.

집을 소유하면, 정치적 문구나 광고 문구에서 말하듯 집주인이 되면 보다 우월한 사회적 지위와 보다 쾌적한 삶에 도달하게 되리라고 생각했던 나의 할머니는 그렇게 된 뒤로 그 무엇도 변하지 않았으며, 어쩌면 오히려 빌려야만 했고 이제는 갚아야만 하는 융자금 때문에 모든 것이 복잡하게 꼬였음을 깨달았다.

할머니는 추워도 장작을 배달시키고 대금을 치를 능력이 더는 없었다. 아버지가 친구라고 불렀고 집집마다 장작을 배달해 줬던 남자 — 작은 규모의 트랙터에 장작 여러 묶음을 가득 싣고 골목을 누볐다 — 는 할머니에게 장작을 배달해 주는 일을 그만둬 버렸다. 저도 자식들이 있어서요, 이해하시겠죠. 돈을 내시지 못하면 더는 장작을 배달해 드릴 수가 없네요. 먹여 살려야 할 자식들이 있어서요, 가족이 있으니까요. 그쪽 할머니, 그러니까 감독 교사의 할머니는 추위에 맞서기 위해 이불을 여러 장 덮었지만 추위가 이불을 뚫고 들어오니 아무 소용이 없었고, 오히려 이불들이 얼음장이나 다름없게 되면서 차가운 바람 그 자체보다도 더 차가워졌다고 말했다.

(내가 이 이야기를 하는 지금, 할머니는 여생을 보내기 위해 사회 복지 시설로 떠난 터라 누나가 보잘것없는 액수를 지불하고 할머니의 집을 구입하는 데 필요한 절차를 밟기 시작했다.

누나가 내게 전화를 걸어와 그에 대해 이야기했고, 할머니가 살았던 그 허름하고 지저분한 집 천장에 직경 2미터 정도의 구멍이 뚫려 있어서 제법 큰 규모의 공사를 해야 하게 생겼다는 이야기를 했다. 그리고 내가 할머니를 아주 좋아하잖니. 그러니까 할머니 흉을 볼 생각은 없다고. 그렇긴 한데 냄새가 장난 아니야. 뭔 짐승 똥인

115

지는 잘 모르겠지만, 여기저기 똥 무더기에 곰팡이까지. 그거 없애자면 일이 한참이겠어. 평생 마을 이외의 다른 것을 볼 일이 없을 테고, 스물다섯 살에 벌써 집주인이 되어 끝도 없을 공사에 말려들어 간 누나.)

　감독 교사의 할머니와 마찬가지로 나의 할머니도 개를 여러 마리 데려다 키웠다. 외로움을 덜 탔고, 밤에 개들 옆에 웅크리고 누우면 개들의 몸뚱어리에서 발산되는 약간의 열기를 누릴 수 있었다. 적어도 개들과 함께 자면 다리는 뜨듯하거든. 그리고 나와 함께 있어 주잖니, 안 그러면 혼자서만 지내니 좀 무료하겠지. 할머니는 개를 다섯 마리, 여섯 마리, 때로는 그 이상을 키웠고, 아버지는 그것 때문에 몹시 짜증을 냈다. 아버지는 할머니의 행동이, 본인 먹고살기도 빠듯한 판에 개들을 키우는 행동이 비합리적이라고 생각했다. 이젠 산책하러 나갈 수도 없잖아요, 어머니만 나가면 개들이 집 안을 개판으로 만들어 버리니까. 커튼이니 소파니 전부 집어 뜯는 걸 봤다니까. 텔레비전에 대고 오줌도 갈기던데, 뭘. 그리고 또 말예요, 내가 이미 말했지만, 개 키울 돈이 어디 있느

116

냐고. 할머니는 변명을 했다. 개들이야 남은 걸 먹어 치울 텐데, 뭘. 하지만 — 모두가 그걸 알아차린 터였다 — 할머니는 개들 먹일 식료품을 샀고, 본인을 위해 구입한 식료품은 그보다 훨씬 적었다. 오히려 할머니가 개들이 먹고 남은 음식을 먹어 치우는 꼴이었고, 결국, 할머니는 추운 것 이상으로 배고픔에 시달렸다.

할머니는 장작이 떨어지면 마을 외곽에 위치한 숲으로 갔다. 녹색과 청색의 천으로 만든 장바구니를 들고 갔다. 장바구니는 구멍투성이였는데, 할머니도 결국 인정했듯이 아무거나 물어뜯는 개들 때문이었다. 할머니는 잔가지들을 모아서 들고 돌아왔다. 어머니 역시 벽난로에 불을 피우기 위해서, 혹은 숯이 떨어지면 바비큐 그릴 위에서 고기를 굽기 위해 그렇게 했다. 어머니로서의 자부심. 내 자식들에게 먹일 먹거리가 떨어질 일은 없어. 추위에 떨지도 않을 거고, 부끄러움을 겪을 필요가 없도록 어머니는 그 일을 놀이로 만들었다. 우리는 그게 가난하고 돈이 없어서임을 알았는데, 아이들은 그런 건 상상 이상으로 빨리 깨닫기 마련이다. 어머니는 이런 말을 했다. *잔가지들 모으러 가자. 잠깐 산책하러 가자는 소리*

지. 적어도 재미있게 놀다 올 거야.

우리는 어머니의 말을 믿는 척했고, 어머니는 우리가 믿는다고 믿는 척했다.

가끔, 피곤에 지친 어머니는 믿는 척하는 일을 그만뒀다. 우리에게 현실을 숨기기 위해 기울이던 노력을 모두 포기해 버리고 내게 마을 식료품점에 가서 외상을 그으라고, 먹을 것을 외상으로 달아 놓으라고 윽박지르다시피 했다. 네가 가, 넌 어린애잖니. 네가 외상을 달라고 부탁하면 그러자고 하겠지만, 내가 그러면, 그 식료품점 할망구가 보나마나 안 된다고 할 거다. 나는 빠져나가 보려고 했지만 아버지가 개입하고 말았다. 어서 엉덩짝 들어 올리지 못해. 안 그러면 뜨거운 맛 좀 보게 될 거다. 아버지가 어찌나 을러대는지 나는 묵묵히 분부대로 움직였다. 아이들은 보다 쉽게 동정심을 불러일으키기 마련이니 내가 식료품을 얻기 위해 꼼수를 사용해야 할 사람으로 지목되었다. 식료품점에서만 그러는 게 아니라, 어떤 날에는 이웃이나 마을의 다른 주민을 찾아가서 빵 한 조각, 파스타 면 한 봉지, 혹은 치즈 조금을 얻어 와야 했다. 식료품점에서 물건값을 지불해야 하는 순간 그곳에 있는 마을 여자들이 듣지 못하게 목소리를 낮춰 외상을 부탁해야만 할 때의 모욕감. 엄마가 장부에 달아 놓을 수 있는지 여쭤보래요. 그러면 반대로 모두가 자신의 말을 들을 수 있도록 목소리를 높이는 데에서 엄청난 만족감을 느끼던 식료품점 주인. 이런 식으로 언제까지 할 수 있겠니. 네 부모 말이야, 돈을 내야 한단다. 나도 한정 없이 외상을 줄 수는 없는 노릇이야. 돈이 필요하면 일을 조금 더 하는 수밖에. 난 말이야, 네 부모에게 가서 그대로 전하거라, 난 아침 8시부터 저녁 8시까지 매일 가게에 붙어 있단다. 이렇게 해야만 꾸려 갈 수 있으니까. 자, 외상 달아 주는 건 이번이 마지막이다. 미리 말해 두는데, 마지막이라고. 네가 빈손으로 돌아가게 내버려 둘 수는 없잖니. 그러면 나는 두 눈을 내리깐 채 식료품점 주인을 증오했다. 그리고 아무거나 날카롭고 예리한 물체로 여주인의 얼굴을 벗겨 내고 싶은 욕망. 고맙습니다, 고맙습니다.

또 어떤 때는, 돈이 떨어지면 아버지가 잡아 오는 물고기들을 먹었다. 아버지는 타고난 어부였고 낚시는 취미였다. 남자들은 낚시나 사냥을 했다. 아버지는 특히 실직으로 이어졌던 공장에서의 사고 이후에, 퍽이나 자주 마을 외곽에 있는 저수지로 갔다. 아버지는 물고기를 집으로 가져왔고, 그러면 어머니가 내장을 꺼낸 뒤 신문지로 싸거나 슈퍼마켓의 비닐봉지에 담아 냉동고에 집어넣었다. 냉동실 문을 열면 나타나는 얼음 망토로 뒤덮인 그 사체들의 끔찍스러운 모습. 가장 충격적인 건 죽음을 맞아 온몸이 빳빳하게 굳은 뒤 얼음에 갇혀 버린 그들의 눈을 보는 거였다. 그리고 어머니가 물고기를 다루고 난 뒤면 거실에 며칠이고 남아 있던 냄새. 돈이 떨어져 가는 통에 고기를 살 수 없게 되는 월말이 되면, 우리는 며칠 동안 연달아 물고기를 먹었다. 여기서부터 혐오감이 생겨났다. 내가 도달하고자 했던 계층에서는 그토록 높이 사는 이 음식이 나는 지금도 역겹다.

마을 이야기

우리가 가장 가난한 사람들은 아니었다. 가장 가까운 우리 이웃들은 돈도 우리보다 적고, 집도 늘 더럽고 관리도 잘 못해서 어머니와 다른 사람들이 경멸하는 대상이었다. 그들은 게으름뱅이요, 생활 보호 수당의 혜택을 받고 아무것도 하지 않는 사람들이라는 평판을 듣는 주민 부류에 속했다. 다른 사람들을 자기 아래에 놓기 위해, 자신이 사회 계층의 가장 밑바닥에 있지 않기 위해 끊임없이 되풀이되는 절망적 노력, 의지. 꼬질꼬질한 속옷들이 집 안 여기저기에 흩어져 있었고 개들은 방마다 오줌을 싸놓고 침대들을 더럽혔고, 가구들은 먼지로, 아니 딱히 먼지라기보다 차라리 그 어떤 말로도 실상을 표현할 수 없는 더러움으로 덮여 있었다. 흙, 먼지, 음식 찌꺼기, 포도주나 코카콜라가 쏟아졌다가 마른 흔적들의 뒤섞임.

거기 사는 사람들 역시 더러워서, 옷에는 흙이나 그밖의
것으로 얼룩이 졌고, 머리카락은 기름졌고, 손톱은 길고
시커맸다. 또한 어머니가 늘 자랑스럽게 되풀이했던 말.
*가난이 청결을 막는 건 아니란다, 적어도 우린 말이야,
돈이 많은 건 아니지만, 집 안은 깨끗하고 내 자식들은
갓 빨래한 내를 풍기는 옷들을 입고 지저분하지 않다고.*
이웃집 사람들은 마을 주변의 밭에서 옥수수와 완두콩
을 훔쳤고, 그럴 때면 농부들에게 들키지 않으려고 바짝
경계를 해야 했다. *농투성이들 조심하기.* 나는 종종 이웃
집에 가서 그 집 부엌에서 시간을 보내곤 했는데, 옆방에
보관해 둔 석유통 때문에 석유 냄새가 났다. 그 방은 처
음에는 욕실이었지만 욕실이 쓸데없다고 판단한 이웃
사람들이 욕실을 석유 저장고로 만들어 버렸다. 우리는
농투성이들에게서 훔쳐 온 옥수수로 팝콘을 만들었다.
아이들이 그러듯이, 우리가 옥수수 서리에 대해 꾸며 내
는 이야기들, 거짓말과 덧붙이고 만들어 낸 요소들과 과
장으로 얽어 놓은 이야기들, 이웃 사람이 꾸며 낸 파란만
장한 이야기들. *바로 그때, 그 농투성이가 도착했어. 트
랙터를 타고 나를 쫓아왔지 뭐야. 하지만 난 그보다 더*

빠르게 달렸어. 날 따라잡을 수야 없었지.

우리는 마을에 활기를 불어넣고 삶을 덜 단조롭게 해주는 이야기들을 주고받았다.

그 이야기들 중 하나는 내게 강한 인상을 남겼다. 그것은 마을에 사는 어떤 남자의 죽음에 관한 이야기였다. 그는 돈이 떨어졌고 카페마다 외상이 쌓여 있었다. 아버지는 그 당시 주민 수가 5백에 불과한 마을에 카페가 열두 개나 있었다는 말을 즐겨 한다. 어떤 남자의 이야기라고 말은 했지만 내가 잘 아는 남자였다.

고독, 굶주림, 그 노인은 자신의 삶에 진력이 났나보다. 그는 살아가는 일에 지쳤지만 스스로 목숨을 끊지는 않았다. 마치 그런 노력마저도 너무 끔찍하다는 듯.

그리고 악취가 골목골목 퍼지기 시작했다.

어느 날 사촌과 산책하다가, 나 역시 그 냄새를 맡았다. 사촌이 말했다. 죽음 냄새가 나는데, 여기에서. 나는 사촌과 함께 많은 시간을 보냈다. 그는 신발 끈을 묶거나 등을 긁자면 내가 필요했다. 그는 장애 때문에 정확한 동작을 할 수 없었다. 어렸을 때, 성장기가 끝났음에도 비정상적인 방식으로 척추가 계속 자랐고, 결국엔 척추가 뇌까지 건드려서 돌이킬 수 없는 상해를 입혔다. 심각한 장애. 그는 게걸음을 쳤고 등에 지고 있는 엄청난 혹 때문에 옷이 다 틀어졌다. 마을 사람들은 낄낄거렸다. 노트르담의 꼽추. 그는 아주 젊어서부터 이가 빠졌는데, 스무 살부터 하나둘 빠지기 시작했다. 그리고 언제인가부터는 왜인지는 잘 모르겠으나 피부가 노르스름하게, 아니, 말하자면 샛노랗게 변했다. 그리고 그 즈음해서 열이 마구 치솟아 몇 주 동안 침대에 못 박혀 있었다. 그는 장애인이었지만 마을 사람들은 그나 그의 어머니 앞에서 그런 말을 입 밖에 내지는 않았다. 우리는 그의 어머니 — 나의 고모 — 가 사촌의 건강 상태가 위중하다는 것을 의식하지 못한 척하는 건지, 아니면 사촌이 처한 상황이 어떤지 실제로 이해하지 못한 건지를 알지 못했다. 부모란 자기 아들이 미쳤다는 것을 가장 마지막으로 인정하기 마련이다. 어느 날, 내 기억으로는 꼭 한 번이었는데, 고모가 마치 우리에게 뭔가를 알려 주려고 털어놓는다는 듯이 고백처럼 하는 말을 들었을 때의 경악. *다들 아는지 모르겠지만, 내 아들은 장애인이야.* 반면에, 주민들은 그의 어머니가 없는 곳에서는 그의 장애에 대해 말했다. *가련한 녀석, 아, 네 사촌 말이다, 운도 없지 뭐니, 걔를 보살펴 주다니 넌 참 착한 아이야.* 의사를 보러 갔을 때, 의사는 내게 미리 귀띔을 했다. *사촌과 마음껏 시간을 보내렴, 너도 알겠지만, 걔는 아주 나이 먹도록 살지는 못할 거다.* 또한 놀리는 말들. *네 사촌 꼽추, 마을의 절름발이. 마을의 몽골리언.*

나의 집안에는 다른 집안에 비해 장애를 가진 사람들이 더 많았다. 아니, 어쩌면 그런 사실을 덜 감췄거나 치료를 덜 했거나 어떻게 처신해야 하는지 몰랐던 것인지도. 어쩌면 그저, 제대로 치료하기에는 돈이 부족했거나 의학에 대한 적개심 때문이었을지도. 구개가 두 개로 갈라진 채 태어난 사촌 여동생도 있고 수시로 앓아눕는 다른 사촌도 있는데, 이 사촌은 항생제, 세제, 풀에도 알레르기 반응을 보인다. 아무 이유도 없이 그저 놀이 삼아 술에 취하기만 하면 집게 — 자동차 정비소에서 사용하는 그런 집게 — 로 자기 생니를 잡아 뽑는 고모가 있다.

그녀는 종종 술에 취하니만큼, 필연적으로 뽑아 치울 이가 없는 상태가 되고 만다.

사촌은 그날 말했다. 죽음 냄새가 나는데. 그가 옳았다. 그건 죽음이었다. 나는 죽음이 그런 냄새를 내리라고는 짐작도 못 했다. 그 노인네는 자기 집에 머물며 더 이상 바깥출입을 하지 않기로 작정했다. 그가 즐겨 마시는 아니스주, 내 귀여운 노랭이를 한 잔 하러 남자들이 저녁에 일을 마치고 — 혹은 실업자인 경우에는 집에서 텔레비전을 보며 하루를 보내고 나서 — 모여드는 마을 카페로 더는 가지 않기로. 그 노인은 침대에 가만히 꼼짝 않고 누워서 죽음을 기다리며 집에 머물렀다. 소문이 돌았는데, 그게 정확한 건지는 모르겠지만 소문에 따르면, 노인은 배설물에 파묻혀서 죽었단다. 그 노인네, 지가 싼 오줌이랑 똥 한가운데 죽어 있었어. 심지어 자기 침대에서도 더 이상 움직이려 들지 않아서 더 이상 화장실도 가지 않았고, 죽기 직전 위생에 대한 마지막 고려인 듯 신문지로 오줌 홍수와 똥 무더기를 덮어 뒀다. 노인네가 신고 있는 양말이 살에 새겨진 듯 보였지. 양말을 벗지 않은 지 여러 달이었고, 오줌이니 고름이니에 젖은 양말이 점점 피부 속으로 파고들다가 마침내 신체 일부인 양 찰싹 들러붙었거든. 그러고는, 침묵. 육신의 부패 과정. 마을 여자들의 수다. 벌레에 파 먹혔더라고. 골목골목 퍼져나가는 악취. 부패 중인 시신의 악취가 흘러나오는 집 주위로 많은 사람들이 몰려들었다(사촌이 본인도 의식하지 못한 사이 죽음을 알아보았던 바로 그날. 왜냐하면 죽음 냄새가 난다는 말은 온갖 고약한 냄새들의 묘사에도 늘 사용되던 표현이었으니까). 곧 공기를 들이마실 수 없는 지경에도 여자들은 휴지로 코를 틀어막고서라도 그곳에 계속 머무르고 지켜보면서 그런 사건에 참여할 수 있는 기회를 내버리지 않았고, 놀라움이 없는, 심지어 놀라움에 대한 기대나 희망조차 없는 일상으로부터 잠시나마, 몇 분이나마 벗어날 수 있었다. 몸이 약한 사촌은 그날 오후 수없이 토했다.

이 이야기, 우리는 그 이야기를 종종 나눴고, 그러면서 즐거워했다.

제대로 된 가정 교육

부모는 내가 동네 양아치들이나 아랍인들처럼 되지 않게 제대로 된 가정 교육을 하려고 애를 썼다. 그에 대한 어머니의 자부심. 내 자식들은 제대로 자라고 있지, 내가 제대로 버릇을 들이고 있거든. 건달들이랑은 다르다고. 혹은 — 어머니가 어디서 이런 정보들을 접했는지는 모르겠다. 어쩌면 알제리 전쟁에 참전했던 본인 아버지로부터 전해 들은 이야기일지도 — 내 자식들은 제대로 자라고 있지. 알제리인들 같지는 않다고. 알겠지만 알제리 사람들은 최악이야. 잘 보라고, 걔네들은 모로코인들이나 다른 아랍인들보다도 훨씬 더 위험하거든.

어머니가 아랍 사람들이나 극도로 가난한 이웃들보다 내가 우월하다는 확신을 끊임없이 심어 준 바람에, 중학교를 졸업한 뒤에야 내가 생각했던 것보다 혜택을 덜 누렸다는 것을 깨달았다. 그 전에도 내가 사는 세계보다 훨씬 더 유복한 세계가 존재한다는 것은 알았다. 아버지가 욕을 해대는 부르주아들이나 마을의 식료품점 주인이나 혹은 친구 아멜리의 부모. 심지어 꾸준히 그에 대해 생각했다. 하지만 그런 다른 세계들의 존재에 직접적으로 부닥치지 않았고 그 세계에 몸 담근 적이 없었기 때문에, 나의 지식은 직관, 환상의 상태에 머물렀다.

훗날 그런 사실에 눈뜨게 됐는데, 특히 나를 가르쳤던 교사들과 — 이 마을에서 부모가 자식을 키우는 방식에 무력감을 느끼고 나가떨어진 중학교 교사들과 — 이야기를 나누면서였고, 이들은 교무실에서 그에 대해 이야기를 나눴다. *어린 벨끨은 소질이 있어. 하지만 그런 식으로 숙제를 해오지 못하고 그렇게 자주 결석을 계속해대면, 이 바닥에서 빠져나가지 못할 텐데.*

아침에 눈 뜨자마자 텔레비전을 보고, 사람들이 뜸한 골목이나 도로 한가운데나 집 뒤 혹은 주택 단지 앞에 펼쳐진 풀밭에서 하루 종일 축구를 하고, 또다시 날이 저물

130

고 저녁이 되면 몇 시간이고 텔레비전을 보고, 하루에 여섯 시간에서 여덟 시간을 텔레비전을 보는 그런 아이들의 세계에 나는 속해 있었다. 날이 저물고 어두워져도 거리에서 몇 시간이고 빈둥거리는 그런 아이들의 세계에. 아버지는—학교와 관련된 문제를 꺼낼 일이 생기면 어설픈—내가 원하는 대로 할 수 있지만 그 결과는 늘 나의 몫임을 미리 경고했다. 나가고 싶으면 나가고 들어오고 싶으면 들어와. 단지 그다음 날 학교에서 피곤하다면, 그건 네 책임인 거고. 다 큰 척하고 싶으면 끝까지 가야지. 그런 때, 교사나 의사나 식료품 가게 주인의 아이들은 숙제를 하느라고 집에 있어야만 했다. 아버지는 한 주에도 수없이 숙제를 다 했는지 묻기도 했다. 학교에서 어떤 하루를 보냈는지 묻는 어머니나 마찬가지로 아버지에게도 대답은 중요하지 않았다. 그런 질문을 하는 사람은 아버지라기보다는 가끔씩은 아버지의 뜻과 상관없이 아버지를 넘어서는 역할, 아이라면 숙제를 하는 것이 더 낫고 보다 당연하다는 사실의 수긍 혹은 내재화였다.

  주로 나가서 노는 곳은 버스 정류장 주변으로, 사내아

이들에게는 이곳이 삶의 중심이었다. 우리는 그곳에서 바람과 비를 피해 저녁 시간을 보냈다. 늘 그래 왔던 것 같다. 청소년기에 접어든 사내아이들은 술을 마시거나 이런저런 이야기를 나누려고 매일 저녁 그곳에 모여들었다. 형과 아버지 역시 그곳을 거쳐 갔고, 내가 마을에 다시 돌아와서는 마을을 떠날 당시 여덟 살이 채 안 됐던 사내애들을 그곳에서 봤다. 그 아이들은 몇 년 전에는 내자리였던 그곳을 차지하고 있었다. 아무것도 변하지 않는다. 절대로.

밤이 깊도록 끝나지 않는 잡담들. 외부나 다른 곳에 대한 그 어떤 지식과도 무관하게 자신만을 위해 존재하는 세계인양 늘 마을과 관련된 이야기들, 농담들, 그저 재미 삼아 발로 차서 부수는 우체통들, 버스 정류장 앞에 사는 바람에 우리가 지나치게 소란을 피우면 경찰을 부르던 노파와 자닌과 달아나기 전에 미친년, 늙은 씹탱년 욕설을 내뱉던 우리. 우리는 맥주를 상자째 토할 때까지 마셨고, 그런 장면을 휴대폰으로 촬영했다.

아주 어려서부터, 그러니까 열셋 혹은 열넷부터 알코올 중독에 의한 의식 상실 혹은 혼수상태와 맞닥뜨렸던 일이 기억난다. 구조대를 불러야 했다. 자신의 토사물에 잠겨 기도가 막히지 않도록 친구를 옆으로 눕혀 놓기. 저녁에 술을 잔뜩 마신 다음 날(우리는 토요일의 술 파티여, 어서라고 말했다) 내게 그런 일이 일어났을 때, 나는 전날 우리 손으로 직접 마을 주위 풀밭에 세운 텐트 안에서 정신이 들었고, 옷을 뒤덮은 토사물들이 꾸덕꾸덕 말라서 옷은 뻣뻣했고 더러운 침낭에서는 탈이 난 내 위장이 게워 놓은 음식물 때문에 형언하기 힘든 냄새가 났고, 배는 아팠고, 두개골은 쿵쿵대는 맥동에 시달리는 것이 마치 심장과 허파가 하루 만에 뇌가 있던 자리로 옮겨 간 듯했다. 친구들은 내가 아슬아슬 죽음을 피했으며, 내 토사물에 잠긴 채 혀가 기도를 막아 죽을 수도 있었다고 웃어 대며 말했다.

나는 부모의 불안이 가라앉게 가능한 한 사내아이들과 어울리려고 애썼다. 사실, 그들과 있으면 많이 지루했다. 집을 비울 때, 그들과 함께 놀러 나간다고 어머니에게 말해 뒀지만 사실은 아멜리와 만나는 일이 드물지 않았다. 내가 좋아하는 놀이 중 하나가 아멜리에게 화장을 해주는 것, 입술연지를 발라 주고 온갖 분칠을 해서 꾸며주는 것이었다. 나로서는 부모가 이런 사실을 알게 됐을 때 그들이 사로잡힐 공포를 그려 볼 엄두조차 나지 않았다. 나는 부모를 안심시킬 필요를 느꼈는데, 그들이 스스로에게 묻던 질문들을 더는 하지 않거나 그 질문들이 사그라드는 모습을 보고 싶어서였다.

이런 저녁에는 간간이 싸움이 터졌다. 버스 정류장에서는 엄청난 양의 맥주에 싸구려 위스키와 아니스주가 더해졌다. 흥청망청 술판은 늦은 밤을 지나 동틀 때까지 길게 이어졌다. 무위의 시간, 시간이 흘러가기를, 아니 차라리 시간이 오기를 기다리는 시간. 역시 붉은 벽돌로 만들었고 낙서로 얼룩진 버스 정류장. *경찰 씹새, 더러운 호모 새끼 뒈져라.*

싸움은 흔한 일이었고, 사내애들과 마찬가지로 여자애들도 싸워 댔다. 주로 사내애들이었으며 꼭 알코올의 영향 때문인 건 아님(거의 매일 중학교 운동장에서, 아

134

이들은 싸움꾼 둘 — 혹은 그 이상 — 을 에워싸고 자신들이 밀고 있는 아이의 이름을 목청껏 외쳐 댔다).

그런 싸움이 어느 날 아멜리와 나 사이에서 일어났다. 아이들 다툼. 아멜리의 부모는 나의 부모보다 더 안락한 상황이긴 했지만 그렇다고 해서 진정한 부르주아들은 아니었다. 어머니는 병원 직원, 아버지는 프랑스 전력 공사의 기술자. 아멜리는 그날 내 마음을 상하게 하려고 — 아멜리는 어떤 말을 하면 그 목적을 달성할 수 있는지 알았다 — 나의 부모가 게으름뱅이라고 말했다. 나는 그날의 다툼을 정확하게 기억한다. 흔히들 하찮고 진부할 수도 있었을 기억에서부터 출발해서 살아가면서 세세하게 사건을 구축해 내지 않던가. 그런 사건은 여러 달, 여러 해가 지난 뒤 본인이 처한 상황에 따라 의미를 갖게 된다.

나는 아멜리를 때렸다. 그 아이의 머리끄덩이를 잡아당겼고, 마치 중학교 도서관 복도에 나타나던 적갈색 머리의 껑다리와 등이 굽은 작다리라도 된 양 거기 주차 중인 중학교 통학 버스의 차체에 그 아이의 머리통을 거세게 밀어붙였다. 수많은 아이들이 우리를 보았다. 그들은 웃어 대며 내게 격려의 말을 보냈다. *잘한다, 끝장내, 면상을 갈아 버려.* 아멜리는 눈물을 흘리며 멈추라고 애원했다. 아멜리는 자신이 속한 세계가 내가 속한 세계보다 더 우월하다는 사실을 깨닫게 해주려 들었다. 내가 버스 정류장에서 시간을 보내는 동안 아멜리 같은 다른 아이들은 부모가 골라 준 책을 읽고 영화, 심지어 연극을 보러 갔다. 그런 아이들의 부모는 저녁이면 문학에 대해서, 저녁을 먹으면서 역사 — 아멜리와 그 아이의 어머니 사이에서 알리에노르 다키텐[4]에 관한 대화가 오갔음을 듣고 나의 얼굴에서는 수치심으로 핏기가 가셨다 — 에 대해서 대화를 나눴다.

우리 집에서는 저녁 식사를 드는 게 아니라 그냥 먹었다. 심지어, 대부분의 경우 처먹다라는 동사를 사용했다. 저녁 식사 시간을 부르는 아버지의 일상적인 호칭은 *처먹을 시간이다.* 여러 해 뒤 내가 부모 앞에서 저녁 식사 하다라는 말을 입에 올리면 그들은 비웃으리라. *쟤 말하*

---

4   Aliénor d'Aquitaine(1122~1204). 아키텐 공작령의 여대공으로, 프랑스 왕 루이 7세와 이혼하고 영국 왕 헨리 2세와 결혼함. 정치적 영향력이 막강했던 중세의 여성.

는 것 좀 봐, 자기가 뭐나 된 줄 아나 봐. 그렇지, 좋은 학
교 다닌다 이거지. 신사 양반 노릇을 하려고 우릴 상대로
개똥철학질이로군.

철학하다, 그건 적대적 계급, 능력이 있는 사람들, 부
자들처럼 말한다는 거였다. 운 좋게 중등 교육과 고등 교
육을 받은, 즉 철학 교과를 배운 사람들처럼 말하기. 다
른 쪽 아이들, 저녁 식사를 하는 아이들도 가끔 맥주를
마시고 텔레비전을 보고 축구를 한다는 것은 사실이다.
하지만 축구를 하고 맥주를 마시고 텔레비전을 보는 아
이들이 연극을 보러 가지는 않는다.

나는 아멜리를 상대로 그녀의 어머니와 달리 나를 충
분히 돌봐 주지 않는 나의 어머니에 대한 불평을 토로했
다. 나는 아멜리의 어머니가 나의 어머니와 동일한 직업,
동일한 지위를 갖지 않았으며 삶의 조건도 그토록 가혹
하지 않다는 사실을 간파할 능력이 없었다. 어머니는 나
를 위한 시간을 내기가, 따라서 내게 사랑을 쏟기가 더
힘들다는 사실을.

어떤 때에는 어머니의 무관심에 오히려 안심했다는 것, 그게 사실이다. 어머니는 내가 학교에 갔다 오면 얼굴에 주름이라도 진 듯 초췌해졌음을 쉽사리 알아봤을 수도 있다. 얻어맞느라 늙어 버린 바람에 내 얼굴에는 주름이 진 듯했다. 난 열한 살이었지만 이미 어머니보다도 더 늙어 버렸다.

솔직히, 어머니가 알고 있었음을 안다. 명쾌한 이해까지는 아니라도, 어머니 스스로 알맞은 단어를 붙여 주기가 어렵고 표현할 길 없지만 느껴지는 그 무엇. 어머니가 몇 년 전부터 — 침묵에도 불구하고 — 쌓아 놓고만 있던 질문들을 말로 표현해 내기 시작할까 봐 두려웠다. 어머니에게 답할 일이, 얻어맞고 있음을 털어놓고 다른 사람들도 나에 대해 어머니와 같은 생각을 하더라고 말해야만 할 일이. 어머니가 그에 대해서 너무 많이 생각하지 않기를, 그러다가 결국엔 잊어버리기를 바랐다.

어느 날 아침, 학교에 가려는 내게 어머니가 말했다. 너도 알겠지만, 에디, 그런 몸놀림을 그만해야 한다. 사람들이 등 뒤에서 너를 비웃어. 그런 말들이 내 귀에까지 들어온다니까. 그리고, 또, 머리도 식힐 겸 여자애들을 만나렴. 어머니는 당혹과 수치와 짜증 사이에서 갈팡질 팡하던 아버지처럼 그런 말을 했다. 어머니는 아버지가 여러 해 전에 그랬듯이 왜 내가 마을 회관에서 열리는 춤 파티나 나이트클럽에 가서 여자애들을 후리지 않는지를 납득할 수 없었다.

열두 살부터 여자애들을 만나러 — 내가 부모에게 말한 대로라면, 그런 외출의 허구적 이유들을 알아든게끔 그들에게 되풀이하여 말해 준 대로라면 — 토요일 저녁이면 친구 몇 명과 함께 나이트클럽에 갔다. 바라는 만큼 쉽게 속아 넘어가질 않는 아버지는 내가 그런 장소에서 만난 여자애들을 자신에게 소개하는 것이 논리적일 텐데 그러지 않는다는 것을 간파했다. 형은 매달 집으로 젊은 여자를 데리고 와 소개하고 약혼, 결혼, 아이 등의 계획을 세우는데, 나는 소극적인 태도인 것에 대해 아버지는 의문을 품었다.

(사내애들에게만 한정된 특권. 누나가 춤 파티에서 돌아오는 길에 부모에게 두 번째 동거남을 소개하자 — 첫번째 동거남과 헤어지고 나서 — 부모는 그래서는 안 된다고 누나에게 말했다. 마을 전체가 누나가 첫 번째 남자

139

와 함께인 걸 봤으니, 누나는 다른 남자애를 집에 데려올
수 없었다. 너도 이해하겠지만 걔가 싫어서가 아니야. 걔
에 대해 아무런 불만 없다. 애가 괜찮던데. 하지만 그렇
게 노상 남자아이들을 데려와선 안 돼. 다 널 위해서 하
는 말이야. 다른 사람들이 뭐라고 하겠니, 사람들은 네가
행실 나쁜 년이라고 말할 게 뻔하고 뻔하다고.)

부모는 나의 행동, 나의 선택, 나의 취향과 맞닥뜨리면
몰이해를 노출했지만, 내 문제가 대두될 때면 종종 수치
와 자부심을 뒤섞었다. 아버지는 그에 대해 아무런 말도
하지 않았지만 어머니가 이야기를 해줬다. 아버지를 원
망하지 마라. 너도 알겠지만 그이는 사내고, 사내란 자신
의 감정을 절대 말하지 않는단다. 그는 공장 동료들에게
속마음을 털어놨고, 그들이 내게 말을 옮겼다. 내 아들은
학교에서 공부를 썩 잘해, 영리하지. 어쩌면 영재가 아닌
가 싶어, 아주 영리해. 걔는 높은 공부까지 할 거야. 그리
고 특히(이게 바로 그에게 가장 큰 행복감을 안겨 준 요
인인데), 특히, 내 아들은 부자가 될 거야. 본인 스스로도
말해 왔듯이, 부르주아들을 아랍인이나 유대인과 엇비

숫하게 증오하던 그가 그쪽으로 건너가는 나의 모습을
소원했다.

학교에서 돌아와 보면, 아버지는 거실의 자기 의자에
퍼질러 앉아 아니스주를 마시면서 텔레비전을 보고 있
었다. 볼륨을 너무 올려놓은 텔레비전, 그 앞에서 잠이
든 경우엔 코 고는 소리, 어머니가 화면 앞을 지나가기라
도 할라치면 어머니에게 퍼붓는 욕설. 늘 같은 자세. 두
다리는 쫙 뻗고 손은 배 위에 올리기. 누나가 하는 말, 뚱
뚱한 배 위에 손을 올려놓으니 영락없는 임산부네. 거실
에는 어머니가 만드는 감자튀김 ── 아버지가 좋아하는
음식. 난 위장이 든든해지는 사나이의 음식이 좋아. 비쌀
수록 보잘것없는 부르주아들이 먹는 그런 것 말고 ── 때
문에 기름내가 떠돌았다. 그건 그저 아버지가 좋아하는
음식일 뿐 아니라, 아버지가 먹는 몇 안 되는 음식 중 하
나이기도 했고, 식단 구성을 결정하는 사람이 아버지여
서 우리도 먹어야만 했다. 어머니는 결정권을 가진 사람
이 자신인 척했지만 가끔 자신도 모르게 속내를 털어놓
을 때가 있었다. 나도 가끔씩은 강낭콩이나 샐러드를 만

들어 먹으면 *좋겠어, 하지만 네 아버지가 성질을 부릴 거야.* 식사는 감자튀김, 파스타, 아주 가끔씩 쌀 그리고 고기 혹은 초저가 할인 매장에서 구입한 장봉[5]으로 구성되었다. 장봉은 분홍빛이 아니라 자홍색에, 기름이 잔뜩 끼었고 물기가 흥건했다.

기름 그리고 장작불과 습기 냄새. 하루 종일 그리고 밤에 텔레비전 앞에서 잠이 들 때조차 켜놓는 텔레비전. *그건 배경음이지, 난 텔레비전 없인 못 살아.* 보다 정확히 옮기자면, 그는 텔레비전이라고 말하지 않았다. *내 텔레비전 없인 못 살아.*

그가 텔레비전 앞에 있을 때에는 결코 방해해서는 안 됐다. 그게 식사 시간의 규칙이었다. 텔레비전을 보며 입을 다물기. 그러지 않으면 아버지가 짜증을 내면서 조용히 하라고 했다. *입 닥쳐, 너 또 내 성질 건드리기 시작하는구나. 난 내 새끼들이 예의 바르길 원해. 예의 바른 사람은 식탁에서 이야기를 하지 않아. 조용히, 식구끼리 텔레비전을 본다고.*

식사 자리에서는 그(나의 아버지)만 가끔씩 이야기를

5 프랑스의 햄.

했다. 그는 그럴 권리를 가진 유일한 사람이었다. 그는 뉴스를 보며 평을 했다. *저 더러운 아랍놈들. 뉴스를 보면 아랍놈들 얘기뿐이라니까. 여긴 프랑스도 아니야. 아프리카라고.* 그러면서 식사하기. *어, 잘 먹었다, 독일놈들도 요거엔 손 못 대지.*

그와 나는 진정한 대화를 나눠 본 적이 없었다. *잘 잤니*라든가 *생일 축하한다*처럼 아주 간단한 말조차도. 아버지는 내게 그런 말 자체를 아예 안 했다. 생일이 되면, 아버지는 아무런 말없이 몇 가지 선물을 건넸다. 그리고 나는 그에 대해 불평하지 않았고, 그가 내게 말을 건네기를 바라지 않았다. 아버지는 생일 선물이 늦어지는 이유를 설명할 때 부러 태평한 척했지만 그런 설명을 해야만 하는 거북함은 잘 감춰지지 않았다. *내달 초까지 기다려야 한다. 그때가 되면 가족 수당이 나오니까 네게 선물을 할 수 있지. 넌 하필 10월 30일, 월말에 태어났잖니, 운이 없는 게지.*

나는 그와 특히 그의 과거에 대해 하나도 알지 못했고,

내가 가진 유일한 정보들은 다 어머니를 통해 받은 거였다.

매일 저녁 6시쯤 되면 아버지의 친구들이 아니스주 병을 들고 집으로 몰려왔다. 아버지는 더 이상 일을 나가지 않았다. 어느 날 아침 — 혹은 어느 날 저녁일 텐데, 이젠 확실하지 않다 — 그는 평소처럼 공장으로 일하러 갔다. 도시락을, 어머니가 전날 준비해서 다음 날 들고 가라고 타파웨어에 넣어 둔 음식을 갖고 떠났다. 아버지는 가축처럼 반합째 직접 음식을 먹었다. 그날 공장에서 어머니에게 전화가 왔다. 바깥양반 등에 갑자기 문제가 생겼어요. 울더라고요. 하지만 우리 모두 그를, 자키를 잘 알잖습니까, 쩨쩨한 인물은 아니죠. 그런데도 고통스러워서 울부짖네요. 그러더니 의사의 목소리(혹은 아버지가 직접 말하는 소리). 바깥분께서는 공장에서 너무 오랜 시간 동안, 너무 무거운 무게를 져왔습니다. 그 전에 미리 알아차리고 필요한 조처를 취했어야 했는데(하지만 아시잖아요, 자키는 의사들을 좋아하지 않아요. 늘 의사들을 믿지 않죠, 약 먹기도 거부하고, 반신불수가 된 그이 사촌도 그러더니만). 등이 닳았어요, 완전히 작살이 났어요. 디스크들이 뭉개졌지요. 당분간 일을 쉬어야 할 겁니다. 어머니의 대꾸. 그이가 실업자가 되면 그럼 돈을 다 날리게 생겼군요?

아버지는 바로 그날 저녁으로 집으로 돌아왔고 며칠 동안 침대에 누워서 보냈다. 가끔 그가 울부짖는 소리에 텔레비전 소리와 옆집 아이들의 울음소리가 덮였다. 어머니의 말. 이웃집 여편네, 도대체 새끼 키우는 법을 모른다고, 저건.

그는 잠시, 기껏해야 몇 주일을 쉬면 된다고 생각했다. 빠르게 몇 주가 몇 달이, 몇 달은 몇 년이 되었고, 부모는 장기 투병, 수당 종료, 실업 급여 만료, 최저 소득, 최저 통합 수당 등에 대해 말했다. 어머니는 마침내 내게 이렇게 말했다. 그래, 네 아버지 말이야, 자신이 원하기만 하면 일을 다시 할 수 있을 게다. 하지만 너도 봤지, 저이가 좋아하는 건 매일 저녁 텔레비전 앞에서 친구들과 함께 아니스주를 퍼마시는 거야. 에디야, 너도 알아 둬야겠다, 네 아버지, 알코올 중독자야, 다시는 일하러 가지 않을 게다.

일하지 않고 몇 년을 보낸 뒤 아버지는 아이들을 데려

가려고 학교 앞에 모인 혹은 식료품점 앞에 모인 여자들로부터 흘러나온 소문에 부딪혔다. *자키, 그 양반 게으름뱅이야. 일을 그만둔 지 벌써 네 해째야. 마누라와 자식들 먹여 살리긴 글러 먹었어. 그 집 꼬라지가 어떤지 좀 보라고. 덧창은 덜렁거리지, 페인트칠해 놓은 건 다 일어났지, 그 알코올 중독자 큰아들 놈은 휘어잡지도 못하지.*

부모는 고집스럽게 버텼고, 수군거림 따위에 신경 쓰기를 거부했다. 어머니는 자기는 그런 험담에는 꿈쩍도 않는다고 내게 털어놨다. *그런 위선자들, 엿이나 먹으라지, 난 신경도 안 써. 그 잘난 여편네들은 지 집구석 일에나 간섭할 것이지.* 아버지는 다시금 일자리를 찾으려고 무던히도 애를 썼지만 1백 번이 넘는 거절을 당하고는 낙심했다. 그는 계속해서 저녁마다 친구들을 불렀고, 친구들은 셋이 마시겠다고 2리터, 혹은 그 이상의 술을 들고 왔고, 한 달 두 달 시간이 흐를수록 취기에 도달하기는 점점 더 어려워졌다. 아버지와 친구들도 그 사실을 의식하고 있었다. *오, 이제 핏줄 속에 피보다 아니스주가 더 많겠어.*

나는 금요일 저녁마다 어두워지면 학교에서 돌아왔다. 국어 선생님이 만든 동아리에 끼여 연극을 해서였다. 연극에 대한 나의 관심에 완전히 나가떨어진 아버지는 연극 연습에 짜증을 내면서, 수업이 끝난 뒤 자동차를 몰고 나를 데리러 오는 대신 투덜거렸다. 그 덜떨어진 연극하라고 네게 강요한 사람 아무도 없거든. 나는 우리 집까지 15킬로미터에 해당하는 거리를 답파했고, 몇 시간이고 들판을 가로질러 진창과 흙길을 걷다 보면 신발 바닥에 진흙이 계속 덕지덕지 들러붙어 신발 무게가 천근만근이 되었다. 결코 끝날 것 같지 않은, 흔히들 말하듯이 아득하게 펼쳐진 들판. 이 숲에서 저 숲으로 가기 위해 그곳을 가로지르는 동물들.

평소보다 더 늦게 집에 돌아오는 그런 저녁이면, 아버지의 친구들은 벌써 집에 와 있었다. 그들은 연거푸 아니스주를 따라 마시면서 매번 이렇게 떠들어 댔다. 한 다리로 갈 수 없듯 한 잔으로 끝낼 순 없지. 어머니의 대꾸. 그렇게 퍼마셨으니, 집에 갈 땐 한 다리도 아니요 두 다리도 아니요, 낙지처럼 열 다리로 가야 할걸. 늘 그렇듯 방안을 침침하게 만드는 담배 연기와 화목 난로의 연기, 빛을 누그러뜨리는 연기의 자욱함. 어머니가 하는 말. *펴 봐, 계속 피라고, 잘하는 짓이야.* 텔레비전. 아버지와 친구들인 티티와 데데는 매일 같은 프로를 봤다. 남자들끼리 자신들의 수컷다움을 다시 한 번 확인하려고 프로에 참가하는 여자들 평가하기. *시발, 예쁜데, 한번 해봤으면 좋겠군, 자봤으면.* 어머니의 짜증. *아, 저이들은 그 생각만 해.* 어느 날 저녁, 학교에서 돌아와 보니 채널이 바뀌어 있었다. 그런 일은 아주 드물었는데, 그들은 상금과 상품이 걸린 퀴즈 쇼 *라 루 드라 포르튄*이라는 프로그램의 열혈 시청자였다. 그들은 그 프로가 시작하려고 하면 말했다. *우리 거 한다, 빨리, 곧 라 루 시간이야, 첫 부분 놓치면 안 되는데.* 지금 하던 일, 주고받던 이야기 모두 중단하고 숨이 가쁘게 의자로 급히 옮겨 갔다. 하루 종일 그들은 어찌 보자면 이 순간을 기다렸던 것이다. 하루 종일은 저녁에 술 몇 잔을 나누며 *라 루*를 보겠다는 기다림 속에서만 의미를 가졌던 것이다.

다른 채널에서는 리얼리티 프로그램에 참가한 동성애자가 한 명 나왔다. 원색의 옷을 걸치고 몸짓이 여성스러우며 우리 부모 같은 사람들에게는 있을 수 없는 머리 모양을 한 외향적인 남자였다. 남자가 이발관에 간다는 생각 자체가 좋지 않게 여겨졌다. 남자들은 아내에게 부탁해 머리를 깎았지, 이발관에 가는 법이 아니었다. 아버지와 친구들은 동성애자를 보면서 그가 말만 하면 몹시 웃어 댔다. 늘 그렇듯 웃는다. *아! 저 자식 저거, 자전거 안장에 거시기 터질 일은 없겠어! 저 자식 옆에 떨어진 비누는 줍고 싶지 않아! 저 자식, 저거, 호모 새끼야? 여자 역할이겠는데.* 어느 순간이 되면 혐오에 자리를 내주는 우스갯소리. *이 더러운 호모 새끼들을 매달든가 아니면 똥꼬에 쇠꼬챙이를 쑤셔 박아야 해.*

바로 이 순간, 그들이 텔레비전에 나온 동성애자에 대해 이러쿵저러쿵해 대는 그 순간에 내가 학교에서 돌아왔다. 그는 스티비라는 이름이었다. 아버지가 나를 향해 몸을 돌렸고, 나를 불렀다. *이봐, 스티비, 어때, 학교생활은 잘되어 가고?* 티티와 데데가 폭소를 터뜨렸다. 진정 미치광이처럼 웃어 댔다. 눈물을 흘리고, 악마라도 들린 듯 온몸을 뒤틀고, 다시 숨을 가다듬기가 어려운 지경. *스티비, 맞아, 자네가 지금 그 말을 하니 그러네, 자네 아들 말이야, 말할 때 보면 몸짓이나 손짓이 똑같네그려.*

이번에도 울지 못함. 나는 미소를 짓고는 급하게 내 빙으로 들어갔다.

다른 모습의 아버지

어머니가 이 일화를 들려줬다. 마을에서 춤 파티 —
1년에 몇 차례 마을 강당에서 열렸던 괴상망측한 이름의
춤 파티들. 〈80년대와 타르티플레트의 밤〉, 〈조니 따라
하기와 카술레의 밤〉[6] — 가 열리는 그런 날 중 하루였다.
용감한 동성애자가 한 명 있었는데, 드러내 놓고 동성애
자로 살기로 결심을 한 터였다. 그는 그런 춤 파티에 남자
들을 데리고 왔는데, 마을에서 몇 킬로미터 떨어진 그들
끼리의 만남의 장소, 그러니까 인적이 드문 주차장이나
혹은 불결한 주유소에서 만났을 터였다. 또한 그곳에는
마을의 사내애들, 단짝 패거리들도 갔는데, 술 마시고 장
난치고 노래하고 드물게 눈에 띄는 짝도 애도 없는 여자

6 타르티플레트는 프랑스 사부아 지방의 요리로 크림, 치즈, 감자,
베이컨이 주 재료임. 카술레는 랑그독 지방의 스튜.

들을 꾀기 위해서였다. 알코올과 패거리 효과로 사내애들이 그 동성애자를 밀치기 시작했다. 어깨 부딪기. 공격적이라고 부를 만한 눈빛들. 어이, 너 호모 새끼 맞지, 그렇지? 좆 좋아한다며, 눈깔 깔아. 안 그러면 낯짝을 갈아 버린다. 아버지가 도착했는데, 그런 소리를 이미 다 들어 버린 터였다. 무시무시하게 화가 난 아버지는 턱에 힘을 잔뜩 주고는 그들에게 말을 건넸다. 시발, 저치 가만 두지 못해? 모욕을 주면서 너희가 뭐나 된듯 우쭐대는데 말이야, 저치가 호모든 아니든 너희랑 무슨 상관인데? 그래서 뭐 불편한 거 있어? 아버지는 패거리들에게 꺼지라고 말했다. 적당히들 좀 하지. 네 아버지는 패거리에게 달려들기 일보 직전이었어. 어머니가 이야기를 매듭지었다.

어머니는 아버지 삶의 또 다른 일화도 들려줬다. 아버지는 스무 살쯤 됐을 때, 공장 일을 그만두고 다른 모든 것도 벗어던지고 프랑스 남쪽으로 내려가기로 결심했다. 그이는 고용주에게 행운을 빌어 주며 작별했지. 쉽지 않았어. 너도 알겠지만, 이곳에서는 사람들이 꿈쩍을 하지 않잖니. 너도 눈치 깠겠지만, 사람들은 중학교만 졸업하면 공장 일을 시작하고, 그 뒤로 평생 고향에 남지. 다른 고장에 자리 잡는다 해도 그다지 멀지 않은 곳이잖니. 네 아버지, 그이는 완전 날라 버렸지.

아버지는 떠났다. 그는 종종 그 일을 꿈꿔 왔던 듯했다. 아버지는 그곳에서는 태양 덕분에 공장 일을 버티기가 더 쉽고 여인들은 더 아름다우리라고 상상했다. 그는 떠났다. 툴롱에서 일자리를 찾으려고 시도했지만 성공하지 못했다. 어머니의 말. 아버지는 바의 종업원 일자리를 구해 보려고 해봤단다. 그런데 내 생각엔 말이야, 일자리를 구하는 데보다 바 카운터에서 술을 퍼마시는 데 더 많은 시간을 쏟았을걸. 잠자리를 제공받는 대가로 네 아버지가 뭔가를 했는지는 모르겠다. 실제로 무슨 일이 일어났는지는 말이야. 그이가 말이 많지는 않잖니. 하지만 어떤 노파가 집에 들여 묵게 해줬다는구나. 돈이 아주 많은 노인이래. 내 기억하기로는 모르몬 교도였다나.

여행하면서 아버지는 한 젊은 부랑아와(어머니는 픽포켓[7]을 프랑스어처럼 픽포셰트라고 발음했다. 어머니는 단어들을 정확하게 말하지 못했다) 우정으로 맺어졌

153

고, 이 인물은 마그레브 출신답게 어두운 색깔의 피부를
지닌 덕분에 얄궂은 별명을 얻어 백설이라고 불렸다. 둘
은 속내를 나누는 친구가 되었고 저녁 시간을 함께 보냈
으며 함께 여자를 낚으러 다녔다. 그렇게 몇 달이고 붙어
지내다가, 어머니도 모르는 이유로 아버지가 다시 북쪽
지역으로 돌아오게 됐단다. 과거는 아무리 노력해도 벗
어날 수 없다는 듯이 아버지를 따라잡았다. 어머니가 이
해하지 못한 것. 그러니까, 그래서 그 이야기를 안 하는
거야, 네 아버지는. 남부에서 살 때의 얘기 말이야. 어쨌
든 그건 이상하잖니, 앞뒤도 안 맞고. 그러니까 깜둥이들
은 죽여야 한다고 말하지만, 남부에서 살 땐 가장 친한
친구가 깜둥이였던 거잖니. 널 붙들고 왜 이런 말을 하느
냐면 말이야, 네 아버지가 왜 그렇게 인종주의자인지 이
해를 못 하겠어서 그래. 난 인종주의자는 아니거든. 아랍
인들과 흑인들이 권리를 다 누리면서 나랏돈을 전부 가
져가 버린다는 건 사실이긴 해. 하지만 그래도 네 아버지
처럼 그 사람들을 죽이든가 목을 매달든가 아니면 강제
수용소에 집어넣기를 바라지는 않아, 난.

7 소매치기를 의미하는 영어 단어.

의학에 저항하는 사람들

아버지가 욕을 퍼붓고 지적을 해댄 덕분에 마침내 마을의 사내아이들 몇 명과 가까워지게 되었다. 내가 그들을 친구 혹은 *단짝 패거리*라고 부르기는 하지만, 그건 내가 표현하는 일종의 환상이었고 나는 차라리 그들 주위를 맴도는 동떨어진 요소였음이 분명했다. 내가 사내아이들 무리에 온전히 통합되는 일은 결코 없었다. 내가 참석하지 못하게 교묘하게 머리를 쓴 파티들, 내게 참석하라고 제안하지 않은 축구 시합 등은 수도 없이 많았다. 어른에게는 별것 아닌, 하지만 아이에게는 오랫동안 상처가 되는 일들.

일주일에도 여러 번, 딱히 뭘 할 거라는 계획 없이 이웃의 장작 광에 모이곤 했다. 급히 아무렇게나 지었거나

무시무시한 폭풍우의 희생물인 양 언제라도 무너질 것만 같은, 마당 한가운데 서 있는 아주 넓고 거대한 광. 폐기물 처리장에서 가늘고 긴 함석들을 주워 모아 만든 광이 거의 모든 정원에 있었다. 그 시절에는 — 하지만 불과 얼마 전으로 21세기 초입이었다. 도시, 움직임, 분주함과 거리가 먼 마을은 또한 흘러가는 시간으로부터도 비껴 나 있었다 — 집집의 마당들이 아직 철책으로 나뉘지 않던 때여서 우리는 집 뒤의 커다란 마당을 공동으로 사용했고, 덕분에 어른들에게 미리 알리지 않고도, 그리고 눈에 띄지 않고도 쉽게 서로 만났다.

우리는 그곳에서 오후 내내 놀았는데, 그곳에 쌓아 올린 장작 더미와 흩어진 나무 부스러기들은 어른들이 난로와 집 난방에 사용할 장작을 쪼개는 데 얼마나 많은 시간을 썼는지를 보여 주었다. 나는 녹슨 못들과 버섯과 곰팡이로 뒤덮인 나무껍질들 한가운데를 맨발로 걸어다녔다. 어머니의 호통. 맨발로 걷지 말라니까, 위험하다고. 나무에 못이 박혔을 수도 있어. 그럼 파상풍에 감염된다고. 정말 말썽이구나. 신발 꿰고 조심 좀 하라고. 또 이런 호통. 아, 정말, 학교에서 잘났으면 뭐해, 영리하질 못

한걸.

어느 날, 난 어머니가 경고했던 대로 못을 밟는다. 어머니가 옳았다는 말을 입 밖에 낼 수 없는 건 수치심, 아니 차라리 자존심. 나는 입을 다물고, 오른발에 생긴 입 벌린 상처를 숨기기로 결정한다. 며칠이 지나자, 발에는 곪아 가는 검은 자국이 나타나고, 그게 몸집을 부풀려 점점 커지더니 휴지 위에 떨어진 잉크 방울처럼 넓게 번진다. 그리고 또 며칠이 흐르자, 무기력으로 빠지기 마련인 때늦은 자각처럼 서서히 덮쳐 오는 불안감. 시간이 흐를수록, 실수를 고치고 난처한 상황을 해결할 가능성이 점점 더 얄팍해지고 대처할 능력이 점점 더 쪼그라드는 그런 경우들. 마침내 나는 ― 점점 더 미묘해지는, 이렇게도 말할 수 있을 텐데 심지어 위급해지는 상황을 아무 행위도 하지 못하고 바라만 보는 상태로부터 몸을 빼내기 위해 어마어마한 노력을 기울이고 난 뒤 ― 상처를 소독하려고 매일(하루에도 여러 번. 파상풍이란 말에 대해 아는 것이 전혀 없거나 혹은 아주 보잘것없는 지식만을 갖고 있을 뿐인데도, 그 말이 내게 잠시의 휴식도 허락하지 않고 끊임없이 내 안에서 울려 대는 통에, 그 말을 마주하자 그 단계에서 나를 사로잡은 것은 불안감이 아니라 공포였다) 향수를 ― 어머니가 뿌리는 역겨운 냄새가 나는 싸구려 향수를 ― 바르기로 결정한다. 어머니는 내게서 자신의 향수 냄새를 맡자 여자 향수를, 자기 어머니의 향수를 뿌리다니 미친 게 아니냐고 묻는다. 어머니가 미친 거라는 주장을 펴는 이유는 다른 말, 호모 *새끼*라는 말을 입 밖에 내지 않고 동성애에 아예 생각이 미치지 않게 제쳐 둔 채, 지금 저러는 이유는 광기이며, 치마씨 노릇 하는 동성애자 아들을 둔 것보다는 그게 더 낫다고 스스로를 설득하려는 것이다.

위생 문제에 대한 이러한 무관심은 아버지로부터 물려받았다. 무관심을 넘어서서 의학과 의약에 대한 불신, 적대감이라고 할 만했다. 어른이 되어서 유년기를 보낸 마을과 나를 만들어 낸 그 세계로부터 멀어져서도, 약 복용을 받아들이기까지는 여러 해가 걸리게 되리라. 오늘날에조차도 항생제를 삼킨다거나 의사를 부른다는 생각에 일종의 혐오감이 드는 것을 억누를 수 없다. 일반적으로 ― 아버지만이 아니다 ― 남자들은 그런 것을 내켜

하지 않았다. 그들은 그걸 하나의 원칙으로 삼았다. 난 말이야, 걸핏하면 약이나 삼키면서 *끼부리진 않는다고.* 난 비역쟁이가 아냐. 의학에 대한 저항의 경험을 통해 지금의 내가 만들어졌는데, 이는 특히 수컷다운 특성들을 내 것으로 하려는, 그것들을 따라 하려는 — 원숭이처럼은 아니더라도 — 강박적 욕망 때문이었다. 〈스스로를 남자라고 느끼지 못하는 자는 그렇게 보이기를 좋아하고, 자신의 내적 허약함을 아는 사람은 일부러 힘을 과시한다.〉

작은아버지는 남자들이 그렇듯 건강을 소홀히 다룬 대가를 치렀다. 평생 그는 지나침, 한계, 적절함에 대한 물음을 단 한 번도 스스로에게 제기해 보지 않고서 담배를 피워 댔다. 담배가 그의 이를 누렇게, 아니 누렇다기보다는 검게 만들었고, 옷은 지탄 담배 냄새로 절었다. 그도 아버지와 마찬가지로 일을 마치고 나면 담배를 피우고 술을 왕창 마시면서, 상자나 짐을 져 나르느라, 손목에 찬 시계를 봐가면서 전날 아내가 준비해 뒀다가 데워서 반합에 담아 준 질 나쁜 식사를 15분 만에 해치우느

159

라 초주검이 된 하루를 잊어 보려고 했다. 귀를 먹먹하게
만드는 위협적이기까지 한 분류 센터의 소음. 점심을 먹
기 위해 가까스로 엉덩이나 붙일까 말까 한 시간과 쉬는
시간이 1분이라도 초과할라치면 담당 라인 팀장의 압박
감을 안겨 주는 주의 환기. 어머니는 내게 작은아버지가
알코올에 빠져드는 경향이 점점 더 뚜렷해진다고 말했
다. 그럼 그렇지, 네 작은아버지도 알코올 중독자가 됐구
나. 다른 사람들이나 마찬가지야, 정말이지 모두 똑같아.
저렇게 되는 사람이 어디 하나뿐이겠니. 길거리에서 비
틀거리며 다니다가 마을 주민들에게 욕설을 퍼붓고, 젊
은 여자들에게 이리 와, 내가 해줄게. 어디 엉덩이 대봐.
이 쌍년이, 이리 오라니까. 음란한 말을 건네는 것에서
더 나아가 모두가 보는 앞에서 성기를 보여 주려고 옷을
벗어던지기까지 하는 그의 모습이 점점 더 자주 눈에 뜨
였다. 작은어머니는 의연하려고, 아이들을 데리러 학교
에 온 다른 여자들 앞에서 자기 남편의 도를 넘는 행위들
을 모른 척하려고 애를 썼다.

    그는 마침내 땅바닥에 엎어진 채로, 방금 벌어진 낙상

으로 얼굴 피부가 벗겨지고 코뼈가 부러진 모습으로 발견되었다. 알코올 중독에 의한 혼수상태. 그를 발견한 사람이 구조대를 불렀다.

아스팔트 바닥에 엎어진 채로 발견되어 구급차에 실려 병원으로 이송된 작은아버지. 몇 분도 채 안 걸려서, 마을 사람 거의 절반이 꿈쩍 않는 몸뚱어리 주위를 에워쌌다. 바로 그날 저녁 작은어머니가 눈물 한 방울 흐르지 않은 굳은 얼굴로 우리를 보러 왔다. 그녀는 상황이 심각하다고 알려 왔다. 작은아버지는 너무 많이 담배를 피웠고, 너무 많이 술을 마셨으며, 통탄할 만한 위생 관리로 인해 뇌출혈이 발생했단다. 그는 몸에 마비가 왔다. 의사가 그러는데, 어쩌면 깨어나지 못할 수도 있대요. 내가 술 끊으라고 그리 말을 했는데. 그렇게 말을 했는데도 아무것도 해보지 않았어요. 어찌나 고집불통이던지.

나는 2주 뒤에 반신불수라는 말의 존재와 의미를 배웠다. 작은아버지는 몸의 왼편 전체가 마비되었다. 그는 생을 마칠 때까지 — 의사는 이런 경우 그들이 보여 주는 그 유감스럽다는 표정을 지으며 자세히 알려 줬는데, 그 일은 오래 기다리지 않아 일어날 거란다 — 침대에 누워 지내리라. 그는 건강 상태가 계속해서 나빠져 갔다. 기침 발작이 몇 시간이고 계속됐고, 하루 종일 비명을 질러 댔고, 특히 밤에 그러면 잠에서 깬 작은어머니가 누운 자세를 바꿔 주거나 돌려 눕혀 줬는데, 작은아버지의 사지가 굳어 버렸기 때문이었다. *팔에 개미가 기어다니는 것 같아.* 작은어머니의 말. *더는 못 하겠어. 가끔은 뛰어내리고 싶어.* 작은아버지가 현재 처한 상황, 그러니까 거실에서 누워 지내야만 하는 지겨움에서 비롯된 것일 텐데, 광기의 발작. 침실에는 자리가 안 나서 거실에 병원 침대를 설치할 수밖에 없었다. 작은아버지는 작은어머니에게 욕을 해댔다. *쌍년, 어쨌든 네가 원하는 건 한 가지밖에 없지, 내가 뒈지는 것 말이야, 그것만 기다리잖아.*

작은어머니의 말. *그이가 그런 말을 할 때면 억울하다는 생각이 들어. 마음만 있었다면 그럴 수도 있었다고, 요양원으로 보낼 수도. 하지만 난 그러고 싶지 않았어요. 그이가 죽을 때까지 옆에 머물면서 돌봐 주고 싶었어요,*

아내니까, 그게 당연하지.

상황이 그런데도 불구하고 작은아버지는 치료받기를 거부했다.

작은어머니가 늘 하던 말. 그게 말이야, 그에게 아무 말도 할 수가 없어. 그게 그 사람 자부심인데, 그이는 약을 좋아했던 적이 한 번도 없거든. 사내잖아. 난 아무 말도 할 수 없어. 그에게는 안된 일이지만, 계속 저러다가는 문제가 생길 수도 있는데, 실뱅한테 벌어진 일과 같은 일이 생길 수도 있는데.

실뱅(증언)

실뱅은 가족 사이에서는 대단한 찬탄의 대상이었다. 나보다 열 살 위로 진짜 수컷인 사촌 실뱅은 청년기의 대부분을 오토바이를 훔치고, 강도 짓을 계획하여 텔레비전과 게임기 등을 훔쳐 내어 되팔고, 공공건물을 훼손하고, 우체통을 작살내는 일에 보냈다. 마약 딜러를 하다가 혹은 술에 취한 채 아이들을 뒷좌석에 태우고 차를 몰다가 체포된 것만도 여러 번이었다. *개는 끊임없이 말썽을 일으켰어. 너와는 달랐단다. 개는, 학교를 마음에 들어 하지 않았거든.* 작은어머니든 가족의 일원인 그 누구든 그의 위업에 관해 말할 때면 그런 진짜 수컷을 가족으로 두고 있다는 자부심이 불안감이나 질책에 앞섰다. *개는 좀 조용히 살아야 할 텐데, 실뱅 말이야. 그러다가는 양육권을 잃게 될걸.*

실뱅은 그의 어머니가, 내 생각에 알코올 중독 때문이었던 것 같은데, 양육권을 잃은 뒤로 할머니의 손에서 자라났다. 그의 어머니는 일찌감치 사회 복지 기관의 불신에 불을 지폈는데, 아이들 대부분을 자기 사촌과의 사이에서 만들었던 터였다.

그가 온갖 자잘한 범행들을 여러 차례 저지르고 난 뒤, 그리고 끊임없이 똑같은 범법 행위를 되풀이하여 저지른 바람에 법원은 — 이미 여러 달 전부터 선고의 위협이 사촌 머리 위에서 떠돌고 있었다 — 그를 감방에 보내기로 결정했다. 약 30여 주에 달하는 복역 기간. 할머니는 면회실에서 면회를 마치고 돌아오면 우리에게 그가 처한 어려움을 얘기해 줬다. 다른 수감자들과의 다툼, 빈곤층 수감자에게는 유독 어려운 감옥의 일상. 그곳에서는 모든 게 돈이 들었다. *너희도 알겠지만, 똥 닦는 종이마저도 돈을 내야 한단다. 솔직히, 말도 안 되는 일이지.* 그리고 또한 할머니는 입에 올리기를 몹시 꺼려하면서, 그저 몇 가지 암시에 그칠 뿐인데도 얼굴을 붉히고 눈을 내리깔면서 몇몇 수형자가 다른 수형자에게, 특히 이번 경우에는 사촌에게 저지른 강간을 넌지시 언급했다. 할머니는 그 일이 사실인지 확신은 못 했는데, 실뱅 역시 할머니처럼 그 일을 입에 올릴 듯 말 듯 언급했기 때문이었다. 침묵 속 모욕의 공유.

몇 주간의 수감 생활 뒤, 법원은 모범적인 수감 생활을 이유로 사촌이 가족과 친지를 만날 수 있게 주말 외출을 허락했다. 사촌은 꼼꼼하게 계획을 짰고, 몇 시간이고 몇 날 밤이고 침대에 누워 그 일을 꿈꾸고 아이처럼 흥분하며 다가오는 자유의 날들을 어떻게 보낼지 궁리했다. 문제의 주말이 다가오고, 시간표는 계속해서 점점 더 구체화되었다(나는 이 이야기를 쓰면서 그 당시 사촌의 정신 상태를 상상해 보고 재구축해 보려고 애쓸 따름이다). 사촌은 할머니에게 외출 허가 기간 동안 느꼈던 행복한 감정을 털어놓았다. 누구라도 그만큼 어려움을 겪은 사람이라면 다른 그 누구보다도 민감하게 행복을 느낄 수 있다는 것을 깨달았다. 그는 모든 것이 서로가 맺는 관계 속에서 존재하며, 결핍이나 모욕을 겪어 보지 않고 안락함만 누리는 사람들에게는 뭔가가 결여되어 있음을 깨달았다. 그런 사람들은 진정으로 삶을 살아 보지 못한 셈이었다.

그는 자기 여자와 사랑을 나누고 아이들과 놀고 식사로 무엇을 언제 먹을지를 선택할 수 있었다. 걘 급하게 맥도날드에 갔지, 그게 그리웠거든.

할머니는 가슴 아픈 표정으로 그다음 이야기를 들려줬다.

걔가 날 보러 왔는데, — 감옥으로 다시 돌아가야 하는 전날 저녁이었단다 — 즉각 알아봤어. 그 아이 눈에서 그걸 봤어. 뭔가 삐걱거리는 게 있다는 걸. 실뱅을 잘 아니까, 걔를 키운 게 나니까. 난 알아챘어. 표정이 슬펐고, 동시에, 설명하기가 어렵군. 쉽지가 않아, 동시에 만족스러운 표정이었달까. 왜냐하면 자신은 거기로 돌아가지 않을 거라는 걸 알고 있었으니까. 그 아이 머릿속에서는 이미 모든 게 계획되어 있었지. 심지어 지금 생각해 보니, 그 아이가 문을 열고 들어오자마자 1초도 안 되어서, 그 아이가 다시는 그곳으로 발걸음을 돌리지 않기로 선택했다는 것을 알겠더구나. 무슨 말을 해줬으면 좋았을까, 내 아이가, 실뱅이, 그렇게 행복해하는 것을 보는 건 너무 오랜만이었단다. 그리고 그래 봤자 별 소용없었을 거야, 너희들도 알다시피 그 녀석의 의견을 바꿔 놓는 데 성공했던 사람이 아무도 없었잖니.

진짜 수컷

처음에 그 아이는 자리를 잡고 앉더니 아무 일도 없다는 듯 행동했단다. 그러고는 내 안부를 묻더구나. 그런데 걔는 안부를 물은 적이 없거든. 근 30년간 그런 걸 단 한 번도 안 했다고. 그러니 이상한 기미가 하나 더 늘어난 거였지. 그 아이가 하루 종일 뭘 하셨냐고 묻더구나. 어리석은 질문이었지. 멍청한 질문이었어, 걔는 뻔히 알고 있었으니까. 하지만 연기를 했지. 대답을 해줬단다. 빵집에 빵을 사러 갔다 왔고, 닭들에게 모이를 줬고, 그리고 소파에 앉아서 조용히 텔레비전을 봤다고. 평소처럼. 그 아이는 쇳덩어리인 양 거기 가만히 있었어. 그 순간 침묵이 흘렀지. 너도 그런 때의 침묵은 길게 느껴진다는 건 잘 알지. 마치 1초 1초를 세는 것 같고, 1초가 마치 한 시간인 것만 같지. 엄청 불편하더구나. 그러니까 무슨 말인

171

고 하면, 평소라면, 실뱅과 함께 있을 때 불편하지 않거든. 전혀. 내가 걔를 키웠고, 그러니 침묵이 찾아와도 조금 있다 보면 그렇다는 것조차 잊게 된단 말이야. 그러든가 말든가 관심 없다가 아니라, 아예 의식조차 못 하게 된다는 거지. 하지만 그날, 그날은 여느 때와는 달랐어.

사촌은 그렇게 오랜 침묵이 흐르고 난 뒤 말문을 열었다. 그에게 가장 어려운 일은 할머니가 다 이해한다는 것을 자신이 안다는 거였다. 그는 할머니가 예상하고 있는 것을 말하려고 마음을 가다듬었다. 정확하게 말하지 못해서 할머니가 이해하지 못할 수도 있다는 두려움. 관건은 할머니에게 뭔가를 털어놓는 게 아니라 할머니 스스로 이미 알고 있는 것을 받아들이게 만드는 거였다. 따라서 그는 자신은 감옥으로 돌아가지 않을 거라고 선언했다. 본인이 원하지 않아서가 아니었다. 만약 그런 상황이라면 문제가 되는 것은 그의 의지, 그가 할 선택이었다. 하지만 그는 할 수가 없었고, 그건 불가능해서였다. 더는 매일 똑같은 음식을 먹을 수가 없었다. 맹세하는데, 할머니, 늘 병원 음식에 대해 말하잖아. 그런데 거긴 그보다

더 심하다고. 그가 증오하는 다른 수감자들을 볼 생각만
해도, 심지어 거기서 사귄 친구들, 쉬는 시간 동안 마당
에서 함께 시간을 보내고 아내와 자식 이야기를 들어 줬
으며 그에게는 두 번째 가족이 되어 준 사람들, 그의 표
현대로라면 나의 패거리, 그를 보호하고 도와주면 그 역
시 보호하고 도와주던 그 사람들조차도 그로서는 생각
만 해도 증오가 치밀었다(마치 개인, 타인이 특별한 장
소, 공간, 시간과 늘 결부되어 있어서 서로를 분리할 수
없기라도 한 듯, 마치 인연이나 우정의 지형학이 존재하
기 때문에 어떤 장소에 대한 증오가 그곳에 있는 사람들
에 대한 증오로 어쩔 수 없이 이어지기라도 한 듯). 그는
감방 냄새를 더는 맡아 줄 수가 없었고, 위층 미친놈이
밤마다 주먹으로 벽을 쳐대어 철창이 아니라 ─ 요즘 감
옥에는 거의 존재하지 않는다 ─ 철창을 대신한 철제 문
이 덜덜 떨리게 만들며 내지르는 소리도 더는 들어 줄 수
가 없었다. 실뱅에게서 동요를 불러일으키는 것은 그 미
친놈이 만들어 내는 소음이라기보다는 그에게서 자신의
모습이 보인다는 두려움이었다. 이 몇 제곱미터의 공간
에 갇힌 채 지내는 것에 너무나 진력이 나서 그런 광기

상태로 빠져드는 사람이 자신이 되는 그날이, 자기 차례가 올지도 모른다는 생각이 불러일으키는 두려움.

할머니의 말. 그래, 걔가 내게 털어놨지. 죄송해요, 할머니. 하지만 돌아가지 않겠어요. 그 아이는 내 눈을 똑바로 바라보더구나. 나도 그 눈을 피하지 않았지. 나도 그 아이를 뚫어지게 바라보면서, 걔가 지금 내게 무슨 말 하는지를, 그걸 내가 아무 문제없이 알아들었고 충격을 받지 않았다는 것을 알려 줬단다. 굳이 상냥한 말들로 이야기할 필요는 없는 거였지. 내가 여자라서 그럴 일은 아닌 거지. 그러니 내가 뭘 했겠니? 그저 살짝 인상을 쓰고 얼굴을 찌푸리며 망설이는 척했고, 심지어 살짝 화가 난 듯이 행동했어. 그 아이가 정말 자신이 원하는 것에 대해 분명하게 확신하는지를 알아보려는 거였단다. 걔는 알고 있더구나. 만약 내가 그러지 말고 돌아가야 한다고 말해 줬더라면, 그 아이는 이렇게 대답했을 텐데, 솔직히 털어놓자면 그 아이가 완전히 틀린 게 아니었을지도 몰라. 그 아이는 내게 이렇게 대꾸했겠지. 할머니는 내가 빵에서 끝내기를, 빵에서 뒈지기를 원해? 나로서는 그런 꼴은 볼 수 없었어. 내가 그 아이에게 물었지.

확신은 선 거니? 네 선택 분명해? 그 아이가 이렇게 대답했단다. 그럼, 할머니, 내가 그리로 되돌아간다면 할머니는 다시는 날 보지 못할 거야, 틀림없어. 그 말에 살짝 겁이 났어. 눈물이 나려는 걸 참았지. 내가 평소에 눈물이나 짜는 여자는 아니잖아. 코를 푸는 척하면서 이렇게 말했지. 염병할, 밀 수확 때문에, 꽃가루 알레르기가 생겼나 보다. 그 아이는 나를 꼭 안아 주고는 떠났단다.

그 뒤 실뱅은 자기 집으로 돌아갔다. 그러고는 몇 명의 친구와 함께 되찾은 자유를 열렬히 축하했다. 처음에는 모든 것이 아주 좋았다. 경찰이 즉시 그를 찾으러 온 건 아니었다. 그는 이때까지 본 텔레비전 시리즈물 때문에 금방이라도 경찰이 들이닥치고, 10여 대의 경찰차와 어쩌면 헬리콥터까지 동원하여 집을 온통 둘러싸고는 확성기에 대고 벨괼 씨, 당신은 지금 체포 상태이니, 더 이상 어떤 행동도 취해선 안 됩니다. 고래고래 소리를 질러 댈 거라고 생각했던 모양이다.

그는 취기가 오르자(그날 저녁 난 축하주를 퍼마셨지) 침실에서 비디오테이프를 시청하던 아이들을 보러 방으로 갔다. 애들아, 자동차 타고 한 바퀴 돌러 나가자. 마치 나의 아버지가 술이 취하면 늘 자동차 핸들을 잡아야 할 필요를 느끼는 것처럼. 자기 자신에 대한 도전. 아이들은 행복해했고, 왜 지금 이런 시간에 그러자는 건지 궁금해하지 않았다. 아이들은 잠옷을 입은 채 신발을 신었다. 그의 아내가 말했다. 안 돼. 그녀는 그가 너무 많이 마셨고 그날 저녁 약을 너무 많이 했으니, 그가 이런 짓을 하는 것은 말도 안 된다고 말렸다. 널 죽이고, 더불어 새끼들까지 죽이고 싶은 건 아니지. 말싸움이 벌어졌다. 실뱅은 아내에게 어떻게 그런 말을 할 수 있냐고 했다. 그녀는 그럴 자격이 없었다. 그녀는 감옥에서 산다는 게 어떤 건지 알지 못하며 그가 겪어 낸 그 모든 것이, 그녀로서는 최선의 의지를 가지고서도 그런 게 무엇을 의미하는지 결코 짐작조차 못 할 터였다. 알코올 기운 덕분에 솟구친 그런 말들. 그런 말들이 그런 말을 뱉은 사람의 마음 저 깊은 곳에 꼭꼭 다져지고 오래전부터 꽁꽁 묻힌 것인지, 아니면 진실과는 아무런 상관도 없는 것인지는 결코 알 수 없다. 게다가 만약 내가 감옥에서 끝장이 나면 그건 네 잘못이야. 네가 사랑을 듬뿍 주지 않았으니까. 그렇지 않았다면 난 이렇게 말썽을 저지를 필요를 느끼지 못했을 거라고. 난 그저 애정 결핍을 메워 보려고 했던 것뿐이야. 난 엄마한테서도 이미 버림을 받았잖아. 곰곰 생각해 보면 난 늘 버림받았다고. 텔레비전에 나온 심리 상담가들이 떠들어 대는 소리로, 할머니가 그의 머리에 넣어 준 의견. 할머니는 나를 붙잡고서도 이미, 실뱅의 마누라가 실뱅을 살뜰히 돌보지 않았고, 그런 의미에서 실뱅이 보여 주는 행실에 책임이 있다는 말을 했다. 마을에서는 남자들의 행실은 종종 여자들의 탓이 되었고, 여자들의 의무는 춤 파티가 끝나고 싸움판이 벌어질 때와 마찬가지로 그들을 통제하는 거였다. 그러니 뻔하지 뭐, 실뱅 여편네, 그년이 실뱅을 나 몰라라 했다니까. 정말 개잡년이야.

실뱅은 말다툼을 벌이고 나서 핸들을 잡았고, 아이들은 남겨 두고 떠났는데, 그의 몸뚱어리 구석구석까지 분노로 활활 타오르는 상태였다. 몇 킬로미터 못 가서 경찰

차가 그를 멈춰 세웠다.

　다시 이어지는 할머니의 이야기. 보나마나 짭새들이 그 아이 차를 멈춰 세웠을 때에는 이미 다 알았던 거지. 모든 게 미리 계획된 거였어. 놈들은 즉각 그렇다는 걸 알리지 않고서 그저 단순한 단속, 늘 있는 일인 양 했단다. 놈들이 실뱅에게 측정기를 불어 보라고 했고, 그 아이는 말대로 했지. 놈들은 아마 만족스러웠을 거야. 그 아이를 체포할 구실이 하나 더 생겼으니. 그런 구실이야 있든 없든 간에 그 아이를 체포했겠지만, 어쨌든 덕분에 핑계가 하나 더 생겼지. 그런 경우를 가중 사유라고 하더구나. 거기에다가 한 술 더 떠서 대마도 피웠겠다. 놈들도 멍청이는 아니거든. 그들도 익숙하지, 어쨌든 그게 직업이니까. 놈들은 즉각 냄새를 맡았단다. 놈들은 알코올 농도를 측정했지. 너도 실뱅을 알지만, 걔는 엄청 마셨어. 흔히들 말하듯, 술술 마셔 대다가 고주망태가 되어 버리지. 잘은 모르겠지만, 어쨌든 내 생각에, 짭새들은 실뱅이 겁을 먹을 게 틀림없다고 생각하고 뜸을 들이고 기다리게 하면서 즐거움을 느꼈을 거야. 명령을 내리는 사람, 내 생각에 대장일 텐데, 그 작자가 실뱅에게 증명서를 내놓으라고 하더니 자동차로 가서 컴퓨터를 조회했지. 경찰차에는 늘 작은 컴퓨터들이 있잖아, 놈들은 그걸로 즉시 누군지 알아볼 수 있거든. 신원을 확인할 수 있다고.

실뱅은 뚜껑이 열리고 말았지. 실뱅은 가속 페달을 밟아 댔어. 마치 빠져나가려는 사람처럼. 그러니 경찰관이 뭘 했겠니? 그놈이 차 앞을 막아서면서 실뱅이 도망가지 못하게 막으라고 했지. 실뱅 머릿속에서 무슨 일이 벌어졌는지는 나도 몰라. 찰칵 시동이 걸린 게지. 갑자기 확 돈 거야. 왜, 그런 개들이 있잖니, 극도로 온순했는데 어느 날 거실 한 구석에서 조용히 놀던 불쌍한 계집아이에게 달려들어서 얼굴을 물어뜯는 개들 말이야. 그 계집아이는 죽든가 혹은 평생 얼굴이 망가진 채로 살아가게 돼. 그런데 이런 경우, 그 개는 그 계집아이를 아주 잘 알거든, 가족의 일원인 개이니까. 둘은 오랜 시간을 함께 보냈고, 그 개는 세상에서 가장 착한 개였어. 부모들은 개를 진정시키려고 하지만 이런 상황이 닥치면 네가 뭔 짓을 해도 소용없어. 할 수가 없어, 전혀 없지. 생각을 해봐.
네가 키웠고 먹이를 줬던 갠데, 그 개를 껴안고 뒹굴고
쓰다듬어 줬는데, 바로 네 앞에서 그 개가 어느 날, 아무
런 예고도 없이 네 자식을 물어뜯고 있는 거야. 넌 개에
게 달려들어서 온 힘을 다해 그 개를 패. 넌 너무 화가 나
서 혹은 너무 겁이 나서 힘이 열 배는 세진 것 같아. 넌 소
리 지르고 울부짖어. 사실, 난 머릿속으로 그려 보려고
하는 중이야. 그런 일은 다행스럽게도 내게 일어나지 않
았거든. 네가 그 개를 패면 팰수록 그 개는 네 딸아이의
목덜미에 이를 더 깊숙이 박아 넣고, 온 방 안에 피가 흐
르고, 심지어 피가 튀기까지 해. 네 어린 딸아이는 소리
를 지르려고 해보지만 목소리가 나오지도 않아. 개 입에
서 나오는 건 그저 내뿜는 숨, 그런 걸 헐떡임이라고 하
지. 사실 나도 잘 몰라, 그저 상상해 보는 거야. 넌 고기용
칼을 찾으러 부엌으로 뛰어갔다가 칼을 갖고 돌아와서
그 개를 찔러. 그렇게 누군가를 죽이는 일이 쉬울 거라고
들 생각하는 모양인데, 실제로는, 내가 아는데, 닭을 잡
아먹으려고 죽이는 일은 어렵단다, 실제로는. 칼이 살을
파고들어 가 깊이 박히려면 칼을 힘을 줘서 눌러야 한다

고. 힘이 있어야 해. 그리고 내 말해 두는데, 그럴 의지가 있어야지. 네가 개에게 칼을 꽂아 봤자 이미 늦었다고. 왜냐, 마침내 그 더러운 짐승을 죽이는 데는 성공했지만 네 딸아이, 걔는 이미 반쯤 죽은 상태란 걸 깨닫게 되거든. 등에 시체 둘을 진 셈이지.

어쨌든 내가 말하려는 건 그게 아니었어, 내가 말하려고 했던 건. 실뱅, 걔는 가속 페달을 밟고 짭새는 그가 달아나지 못하게 그 앞을 막아 서. 그런데 실뱅의 머릿속에 퍼뜩 어떤 생각이 스쳐. 실뱅은 차에 시동을 걸고 가속 페달을 밟으며 경찰에게 돌진하고 경찰을 차로 쳐. 짭새는 앞 유리창 위로 날아가지. 별일은 아니야, 경찰이 크게 다친 건 아니거든. 놈은 즉각 다시 일어서서 동료들과 함께 실뱅을 쫓아가. 텔레비전에서 보던 추격전이나 다름없지. 하지만 내 새끼, 걔는 그냥 당하지 않아. 경찰을 따돌리지. 경찰은 걔를 놓치고 말아.

몇 시간 뒤 실뱅은 새 집들이 올라가고 있는 건축 현장에서 발견되었다. 그는 자신이 결국에는 체포되리라는 것을 알았다. 그는 늘 자동차에 넣어 가지고 다니던 야구 배트를 들고 그곳으로 갔는데, 혹시라도 어느 날 그가 빚을 진 — 마약 거래 — 사내놈 가운데 하나에게 발각되어 그자가 빚을 받아 내겠다고 그를 공격할 경우에 대비한 야구 배트였다. 그가 창문을 하나하나 깨부쉈고 그가 내지르는 고함이 밤의 적막을 뚫고 울려 퍼졌다. 그는 닥치는 대로 부숴 버리며 불을 지르려고 했고, 점점 더 크게 고함을 질러 대어 그가 이웃들에게(따라서 간접적으로 경찰에게) 자신의 존재를 알리려고 애를 쓴다는 생각이 들 정도였다. 그는 감옥에 가고 싶지 않았고 단순히 감옥으로 돌아가기를 거부했다는 이유로 다시 감옥에 가고 싶지 않았다. 자신이 치를 형을 정당화하기. 그곳에 도착한 경찰은 그가 벽에 대고 집어 던졌던 벽돌과 기와의 잔해 한가운데에서 그를 발견했다. 그는 벽에다가 페인트 스프레이로 거대한 글자들을 적어 놓았다. *NLP*. 그는 수갑을 채울 때 저항하지 않았다.

실뱅이 법정에 도착했다. 그는 경찰에 체포됐을 당시처럼 아주 차분한 모습이었다. 생각했던 것보다, 이전에 그랬던 것보다 덜 불안해 보이는 모습. 검사가 그에게 으레 던지는 질문들을 던졌다. 왜 그런 짓을 했는가, 왜 그런 식으로 했는가. 그의 과거와 아이들과 사생활에 관한 질문들. 한 번도 만난 적이 없는 아버지와 당신을 버린 어머니, 이 모든 것이, 삶의 이 모든 요소들이 범법 행위와 연관이 있다고 생각합니까?

언어 때문에, 법조계의 언어이어서만이 아니라 배움이 일상인 세계의 언어라서 그가 이해하지 못하는 또 다른 질문들.

피고인은 자신이 저지른 행위들이 외적 제약으로 인한 것이라고 주장하십니까? 아니면 이 사건에서 오직 당신의 자유 의지만이 문제였다고 여기십니까? 사촌은 더듬거리며 질문을 이해하지 못했다고 대답하고는 질문을 다시 말해 달라고 부탁했다. 그러면서도 그는 거북하지 않았고 검사가 행사하는 폭력을 직접 느끼지도 못했다. 그를 학업의 세계로부터 내몬 계급의 폭력, 꼬리를 물고 이어지는 원인과 결과의 작용으로 마침내 그를 여기까지, 법정으로까지 몰고 온 이 폭력. 그는 오히려 검사가 우스꽝스럽다고 생각했나 보다. 호모 새끼처럼 말한다고.

이러한 일련의 질문을 던진 뒤 검사는 마침내 *NLP*가 무슨 의미인지를 — 형식적 절차에 불과했는데, 누구나 안다고 생각했으니까 — 물었다. 우리 가족은 실뱅이 체포된 뒤로 그 이야기를 하고 또 했다. *실뱅, 걔가 정말이지 짭새가 오는 낌새를 전혀 못 챘나 봐. 글자를 쓰느라고 그들을 못 본 게지.* 검사는 그에게 경찰에 대한 그러한 증오는 어디서부터 오는지를 물었다. 지나간 자리마다 엉망이 될 정도로(유리, 벽돌, 기와의 파편들) 전부 다 때려 부수느라 여념이 없는 와중에도 굳이 자동차로 페인트 스프레이를 찾으러 가서는 모두가 그 의미를 알고 있고 *경찰 엿 먹어라*를 의미하는 약어 *NLP*를 담벼락에 적는 수고를, 아주 오래전부터 미리 생각해 뒀을 그 행위를 — 따라서 — 건축 현장에서 실뱅이 저지른 행위가 보여 주는 광기의 상태와는 어울리지 않는 그 행위를 왜 했는지를. *하지만 검사님, 검사님은 아무것도 이해를 하지 못하셨군요. NLP는 경찰 엿 먹어라가 아니었습니다. 그건 검사 엿 먹어라였습니다.* 오늘날에도 여전히, 가족들은 이처럼 실뱅이 검사에게 모욕을 준 이야기를 꺼낼 때면 전율을 느낀다. *걔는 정말 간뎅이가 부은 놈이야.*

그는 감옥으로 돌아갔고, 6년 형을 받았다. 그 뒤 상당히 진행된 상태의 폐암을 진단받았다. 그는 약을 거부했다. 그는 어느 날 아침, 죽은 채로 감방에서 발견되었다. 서른 살이 채 안 됐을 때였다.

(가족에 관한 정보를 모으기 위해 유년기를 보낸 마을에 이틀 동안 와 있었다. 할머니를 만나 사촌 실뱅에 관해 질문하려고 그곳에 갔다. 할머니는 전부 똑같은 모양의 집들이 늘어선 서민 임대 아파트 단지의 아담한 새 처소로 나를 맞아들였다. 할머니는 줄곧 살았던 집을 떠나며 그 집을 누나에게 팔았다. 이 집에 발을 들여놓은 것은 이번이 두 번째였다. 처음 그 집에 갔을 때는 집이 깨끗했는데, 이번에는 할머니가 차츰차츰 그 장소를 점령해 나간다는 느낌을 받았다. 악취, 더러운 개의 냄새. 할머니는 30제곱미터짜리 작은 아파트에서 작은 개 한 마리와 함께 산다. 이전 집에서 데리고 있던 개들은 이젠 모두 죽고 없었다. 더러운 개의 냄새, 마을의 집들에서 종종 맡을 수 있고 어머니 집에서도 나는 그 냄새를 어떻게 묘사할 수 있을는지 모르겠다. 할머니는 마실 것을 제

안했고 나는 응했다. 할머니가 더러운 컵을 내밀었다. 나는 감히 뭐라 할 말이 없어서 침묵을 지켰다. 할머니가 그 컵에 내온 딸기 시럽을 받아 마셨다. 할머니는 부엌으로 가더니 다 써서 빈 작은 세제 병을 헹구고 거기에 물을 담았다. 할머니가 그 병을 물병으로 사용하려고 그런다는 것을 깨달았다. 역겨움이 치밀었지만 줄곧 아무 말 않고 할머니가 내 컵에 그 물을 따르게 내버려 뒀고, 컵에 자잘한 세제 거품이 떠다니는 모습에 질겁했다. 2시간 동안 컵에는 손도 대지 않고서 할머니에게 가족에 대한 질문을 던졌다. 할머니는 의문에 차서 컵 쪽을 재빠른 눈길로 슬쩍슬쩍 바라보았다.)

2부

실패와 도주

헛간

그 일은 두 사내아이의 구타 행위가 처음 일어났던 날부터 얼마 지나지 않아서 벌어졌다. 기껏해야 몇 달 뒤.

그 일이 시작된 때는 우리가 이웃들이 장작을 쌓아 두는 광에서 시간을 보내곤 하던 시기였다. 그날 오후 브뤼노는 부모가 집을 비웠다면서 자기 집으로 가자고 청했다. 브뤼노는 자기 방으로 가서 영화를 보자고 제안하며 힘줘 말했다. 보여 줄 게 있다니까. 아주 끝내주는 거. 우리는 그보다 대여섯 살은 어렸기에 늘 그가 하자는 대로 했고, 그는 자기를 대장이라 부르게 했다.

그는 우리를 침대 위에 앉혔다. 원래는 흰색 혹은 베이지색이었을 매트리스는 더러워져서 밤색과 주황색을 띠었고, 그 위에 앉자 먼지가 풀풀 날렸으며 퀴퀴한 냄새, 축축한 벽장 냄새를 풍겼다. 그는 잠깐 자리를 비웠다가 손에 비디오테이프를 들고 왔는데, 포르노물이었다. 야동이야, 아버지한테서 훔쳤어. 아버진 몰라, 알았다면 빼박 맞아 죽었겠지. 그는 우리끼리만 보자고 제안했다. 다른 아이들 두 명, 사촌 스테판과 브뤼노의 이웃인 파비앵은 그러자고 했다. 난 그러고 싶지 않았다. 그럴 수는 없다고, 그런 일은 할 수 없다고 말했다. 그리고 그런 일, 그러니까 사내애들끼리 모여 앉아 포르노물을 보는 건 찜찜하고 아주 삐뚤어진 거라는 생각이 든다고 덧붙였다. 사촌은 장난치는 표정을 꾸며 내며, 만약 우리의 호응이 신통치 않았더라면 농담이라고, 이런 제안은 그저 농담일 뿐이고 진지하게 생각했던 건 아니라고 말하는 데 꼭 필요한 만큼의 쾌활함을 목소리에 담아내며, 동시에 그의 요구가 실제임을 알아차리는 데 꼭 필요한 만큼의 권위와 진지함 역시 어조에 담아내며 제안을 내놓았다. 야동을 보면서 다 함께 수음을 하자는 거였다. 잠시 침묵이 생겨났다. 어떤 반응을 보여야 할지를 서로의 눈빛에서 알아내느라고 서로를 가만히 바라봤다. 따돌림, 놀림의 대상이 되게 해줄지도 모를 답을 내놓는 위험을 사지 않기.

누가 가장 먼저 그런 위험을 무릅쓰고 사촌의 제안을 받아들이면서 전체의 동의를 이끌어 냈는지 이제는 알지 못한다. 하지만 나는 받아들일 수가 없었다. *너희가 달고 있는 물건 보고 싶은 생각 없어. 난, 난 더러운 호모 새끼가 아니라고.*

동성애에 가까워진다 싶으면 그 어떤 것과도 거리를 두었다. 어느 날 저녁, 우리는 시립 운동장에, ─ 사실 그 당시는 개보수 공사 이전이라 오히려 넓은 초록색 풀밭에 가까웠는데, 땅속 깊은 곳에서부터 삐죽 솟아오른 듯한 녹슨 철제 말뚝들이 골대를 대신했다 ─ 저녁에 몰래 담을 넘어 들어간 시립 운동장에 있었다. 우리는 버스 정류장에서부터 들고 간 맥주를 마시러 그곳으로 갔다. 그날 저녁 이미 술을 마신 스테판은 스스로에 대해, 자신의 육체적 힘에 대해 말도 안 되는 소리를 늘어놓기 시작했다. *너희들, 난 짐승남이야, 짐승남이라고. 날 건드린 놈은 죽음이지.* 그는 그저 바로 그 육체적 힘을 과시하려는 목적으로 옷을 하나씩 하나씩 벗었고 마침내 완전히 벌거숭이가 되었다. 마을 남자들은 술에 취하면 종종 그런 일을 벌였는데, 작은아버지가 사고로 마비가 오기 전에 그랬고, 아르노와 장 또한 매년 마을 축제가 열릴 때마다 길게 이어 붙인 식탁 위에 올라서서는 감자튀김과 바비큐 구이를 놓고 둘러앉아 친분을 다지라는 자리에서 결국 홀딱 벗는 것으로 끝을 냈다. 바비큐 구이를 준비하는 사람은 파비앵의 아버지였는데, 마을 축제가 열리거나 벼룩시장이 서면 바비큐를 담당하는 사람이라서 *메르게즈*[8]라는 별명으로 불렸다. 파비앵 역시 메르게즈라고 불렸다. 별명까지도 대를 이어 전해졌다.

다른 아이들은 웃어 댔다. *완전히 취했네, 곤드레만드레야, 떡실신이라고.* 사촌은 축구장 끝에서 끝까지 성기를 드러낸 채 벌거숭이로 내달렸고, 나는 그 어마어마한 크기에 위축이 되었다. 이제 다른 사내아이들까지 신이 나서 사촌을 따라 옷을 벗어던지기 시작했다. 아이들은 뛰어다니며 자신의 성기와 다른 아이들의 성기를 만져

8 양 창자에 소고기나 양고기를 다져 넣은 길고 가느다란 소시지.

댔다. 성기는 몸이 움직이는 대로 한쪽 다리, 다른 쪽 다리, 그다음은 아랫배를 때리면서 한쪽 허벅지에서 다른 쪽 허벅지를 향해 덜렁거렸다. 아이들은 성행위 흉내를 내려고 서로 피부를 맞댄 채 비벼 댔다. 사내아이들에게 그런 종류의 일은 늘 웃음거리가 된다.

아이들 가운데 한 명이 왜 자기들과 함께하지 않느냐고 물었다. 나는 모두 들으라고 커다란 목소리로, 브뤼노가 갖고 왔던 동영상 때도 그랬지만 이번에도 그런 짓에 열 올릴 생각 없고, 그런 짓은 역겹고, 한 놈도 빠짐없이 홀라당 벗고서 그러고 있는 너희들을 보니 그런 행동이야말로 진정 호모 새끼들의 짓거리가 아닌가 싶다고 대꾸했다. 사실 그 살덩어리들은 현기증을 안겨 주었다. 나는 그들을 나로부터 멀찌감치 떨어뜨려 놓기 위해 호모 새끼, 툿쟁이, 비역쟁이라는 말들을 사용했다. 타인이 내 육체의 공간을 그만 침범하라고 그런 말을 하기.

난 풀밭에 앉아 그들의 행위를 비난했다. 그들에게 호모 놀이를 한다는 것은 자신들이 호모가 아님을 보여 주는 방식이었다. 저녁에 모여서 놀 때 모욕감과 얽힐 위험

없이 비역쟁이 놀이를 할 수 있으려면 비역쟁이가 아니어야만 했다.

나의 의견 따위는 거의 중요하지 않았다. 다른 어디를 가도 그렇듯이 결정은 수컷의 전유물이었고 나는 그로부터 배제됐다. 의결은 브뤼노와 다른 아이들의 손아귀에 들어 있었다. 아이들이 나를 의식적으로 침묵으로 내몰았는지 혹은 그들도 알아차리지 못하는 사이에 그러한 메커니즘이 작동했는지, 그건 나도 모르겠다. 아이들은 나의 말은 듣지 않았고 비디오 플레이어에 테이프를 집어넣었다. 영상이 나오기 시작하자 아이들은 들떠 농지거리를 주고받았지만 그 들뜸의 성질은 차츰 바뀌어갔다. 아이들의 호흡이 점점 더 거칠어졌다. 축축한 몸뚱이, 화면에 박힌 눈길, 가볍게 떨리는 입술, 특히 입가에 이는 경련에서 감지할 수 있는 기대감 서린 두려움. 그들은 성기를 꺼내 쓰다듬었다. 그 신음 소리가, 진정 쾌락의 신음 소리가 아직도 귀에 선하다. 그 축축한 성기들이 아직도 눈에 선하다.

너무 혼란스러워, 가야겠다고, 그 놀이에 끼고 싶지 않다고 말했다. 혼란스럽다는 말은 하지 않고 그런 상태를 숨기며 차분한 표정을 지으려고 애썼다. 집으로 돌아가면서 사내아이들이 내 안에 싹 틔운 욕망과 내 자신에 대한, 욕망하는 내 육체에 대한 혐오감 사이에서 찢긴 채 눈물을 흘렸다.

당장 그다음 날 나는 다시 그들과 함께 시간을 보내려고 되돌아갔다. 우리가 곧바로 그 영화 얘기를 꺼낸 건 아니었다.

우리는 장작에 조각을 해서 목재 무기를 만들려고 여느 때처럼 헛간에 모였다. 그날 사촌이 입을 열자 망치와 톱이 내는 소리가 중단됐다. 염병, 정말 좋았어, 어쨌든, 그 영화, 요전 날 본 거 말야(사촌이 이런 말을 하자 심장이 어찌나 세게 뛰는지 고동칠 때마다 치명타를 입을 것 같고 그런 박동을 심장이 더는 버텨 내지 못 하리라는 느낌이 든다). 그가 다시 말을 이었다. 영화에 나온 배우들처럼 똑같이 해볼 수 없다는 게 짱나. 잠깐 뜸을 들이다가 다시 일감을(그의 장작을) 손에 잡았고, 그러더니 이랬다. 어쨌든 그래 보기에 여긴 여자애들이 충분치 않아.

게다가 이곳 여자애들은 너무 몸을 사린다고(망치질, 펄떡거리는 심장, 망치질, 펄떡거리는 심장. 이 둘이 어우러져 지옥의 화음을 이루었다).

그러고는 그가 질문을 던졌는데, 그 질문은 갑자기 튀어나왔다. 어머니라면 이렇게 말했으리라. *그냥 그런 질문이 문득 나왔어. 오줌 싸고 싶은 생각이 그러듯이.* 사촌이 말했다. 영화에서처럼 똑같은 짓을 해볼 수 있지 않을까. 그 아이들은 비역쟁이들을 마주쳤을 리가 거의 없을, 나아가 아예 없었을 나이인 열 살이지만, 그들 말대로라면 비역쟁이들을 증오한다는 아이들치고는 예상보다 덜 소극적인 반응을 보여 줬다. *아, 그래, 졸라 웃길 거야. 배를 쥐고 구를걸.* 브뤼노는 우리가 어디서 이 놀이를, 그 짓을 할 수 있을지를 묻고는 그대로 헛간에서 해결하자고 제안했다. 아이들은 얼굴에 떠오른 웃음기를 지우지 않았는데, 이는 그들에게는 이 허술한 계획을 어느 때고 터무니없는 농담으로 바꿔치기해 줄 안전장치였다. 아이들은 목소리를 낮춰 말을 하며, 그들의 말이 극도의 조심성을 발휘해서 다루어야 하고 목소리를 높이게 되면 즉각 자신들을 파괴할 수 있는 폭탄이라도 되는 것처럼 굴었다. 사촌은 스스로를 안심시키고 우리를 안심시켰다. 우리가 하려는 건 오후 시간에 잠깐 하는, 그저 놀이인 거였다. 그렇게 해볼 수 있는 일이잖아, 재미 삼아. 그는 넌지시 누나에게서 보석들을 훔쳐 내 오라고 권했다. 에디, 할 수 있잖아, 그래야 훨씬 더 좋아. 누나에게서 반지를 훔쳐내 오면, 그렇게 되면 반지를 끼는 애가 여자 역할을, 밑에 깔리는 애가 되는 거지. 그저 장난으로 그러는 거야. 안 그러면, 반지 없이는 헷갈릴 거라고. 그래야 더 진짜 같지. 반지를 끼면 금방 알아볼 수 있잖아.

실행에 옮겼다. 더는 거절할 수 없었다. 더는 뻣뻣한 척 혹은 역겨운 척하게 되질 않았다. 내 육체는 그들이 요구하려고 드는 일들을 전부 실행하는 것 말고 다른 선택을 남겨 주지 않았다. 나는 침실로 달려가서 누나가 자그마한 보라색 보석함에 숨겨 놨던 반지들을 몰래 빼냈다. 다시 돌아와 보니 그들은 여전히 헛간에 있었다. 내가 말했다. 가져왔어. 브뤼노가 명령했다. 보여 줘. 브뤼노는 반지를 하나는 내게, 또 다른 하나는 파비앵에게 건 넸다. *너희 둘, 둘이서 여자 해, 나랑 스테판, 우리는 남자 할게.* 그들은 불안해 보이지 않았다. 오히려 평상시와 다르며 아쩔하기는 하지만 그저 아이들 놀이에 지나지 않는 장난을 하려는 참인 듯했다. 브뤼노가 자기 어머니가 키우는 닭들을 괴롭히며 즐거워했던 때나 마찬가지였다. 모가지에 낚싯줄을 감아 매달자 끔찍스럽고 뭐라 말할 수도 흉내 낼 수도 없는 비명을 질러 대던 닭, 산 채로 불태워진 닭, 혹은 축구 시합에서 공 노릇을 대신 하던 닭을 기억한다. 나를 이런 상황으로 끌어들인 건 내 전 존재, 오래전부터 억눌려 왔던 나의 욕망임을 깨달았다. 흥분으로 몸이 끓었다.

나는 땅바닥에 얼굴을 대고, 좀 더 정확히 말하자면 두툼한 융단 노릇을 하는 톱밥에 얼굴을 묻고 길게 누웠고, 그 바람에 들숨을 쉴 때마다 톱밥이 입 안으로 들어왔다. 사촌이 내 바지를 내리더니 반지를 들이밀었다. *자, 어서 껴, 안 그러면 쓸 데가 없잖아.*

그의 뜨거운 성기가 엉덩이에 닿고, 그러다가 내 안으로 들어오는 게 느껴졌다. 그는 이런저런 지시를 내렸다.

벌려 봐, 엉덩이 좀 들어 봐. 나는 그의 요구를 전부 들어
줬고, 마침내 나를 있는 그대로 실현하며 본연의 내가 되
었다는 느낌이었다. 그가 허리를 놀릴 때마다 내 성기가
조금씩 더 딱딱해졌고, 처음 영화를 봤을 때처럼 허리짓
에 터져 나왔던 웃음은 포르노 배우들이 흘리는 신음 흉
내 내기와 대사 치기에 곧 자리를 내줬는데, 그 말들은
이제껏 들어 봤던 것 중 가장 아름다운 문장처럼 내게 다
가왔다. *내 걸 가져, 잘 느껴지지.* 사촌이 내 육체를 소유
하는 동안 브뤼노도 우리에게서 몇 센티미터 떨어진 곳
에서 파비앵을 상대로 같은 일에 몰두했다. 벌거벗은 몸
뚱어리의 냄새가 풍겨 왔는데, 그 냄새가 손에 만져지고
먹을 수 있어서 보다 더 구체적 현실로 느껴졌다면 좋았
으리라. 그 냄새가 독이어서 나를 독기에 취하게 만든
후, 그 몸뚱어리의 냄새를 최후의 기억으로 간직한 채 내
가 사라질 수 있었다면 좋았으리라. 그들의 몸에는 이미
그들이 속한 사회적 계급의 낙인이 찍혀 있어서, 아버지
를 돕느라 나무를 베어 내고 쌓으며 이런저런 육체 활동
과 매일매일 반복되는 끝도 없는 축구 시합을 해댄 통에
장차 떡 벌어지게 될 어른의 골격이 벌써 아이들 특유의

얇고 우윳빛 도는 피부 아래로 엿보였다. 당시 우리는 아홉 살이나 열 살에 불과했지만 브뤼노는 열댓은 됐고, 우리보다 나이가 더 많은 브뤼노의 성기는 우리 것에 비해 보다 묵직했고 갈색 털까지 숭숭 나 있었다. 그의 몸은 이미 어른의 몸이었다. 그가 파비앵의 몸을 뚫고 들어가는 것을 보다가 질투에 휩쓸렸다. 나 혼자 브뤼노의 몸을, 그의 강력한 두 팔과 근육이 불끈 솟은 두 다리를 소유하기 위해 파비앵과 사촌 스테판을 죽일 수 있기를 꿈꿨다. 브뤼노가 절대 내게서 벗어나지 못하게, 그의 몸이 영원히 내 것이 되게 브뤼노마저 죽기를 꿈꿨다.

이것이 우리가 영화에서 본 장면들과 그동안 새로이 본 영화의 장면들을 똑같이 따라하느라 연달아 오후에 모이게 된 일의 시작이었다. 어머니들이 뜰의 잡초를 뽑거나 채소를 뽑거나 헛간에 장작을 찾으러 가려고 하루에도 몇 번씩 마당으로 나왔기에, 어머니들에게 들키지 않게 조심해야 했다. 어느 어머니든 헛간으로 온다 싶을 때, 우리에게는 옷을 다시 주워 입고 다른 놀이를 하는 척할 틈이 늘 있었다.

광기가 우리를 사로잡았다. 이제는 브뤼노나 사촌 스테판이나 파비앵을 만나지 않고 지나가는 날이 하루도 없었고, 장소도 더 이상 헛간만이 아니라 마당 저 안쪽 나무 뒤든 브뤼노네 다락이든 길거리이든, 우리 표현대로라면 여자 남자 놀이를 할 수 있는 곳이면 어디든 가리지 않았다. 손에 그들의 페니스 냄새가 배어 있는 동안에는 더 이상 손을 씻지 않았다. 몇 시간이고 짐승처럼 손에서 그 냄새를 맡아 댔다. 거기에서는 당시 나의 냄새가 났다.

그 시기에 사람들이 늘 내게 말했듯이 몸은 남자지만 실제로는 여자라는 생각이 점점 더 실제로 여겨졌다. 나는 차츰차츰 동성애자로 바뀌어 갔다. 혼란이 내 마음을 지배했다. 매일 헛간에서 사내아이들을 만나 그들의 옷을 벗기고 삽입하거나 삽입당하다 보니 착오 — 이런 종류의 착오가 존재한다는 것을 알고 있었다 — 가 있다는 생각이 절로 들었다. 늘, 어디서든, 여자는 남자를 좋아하기 마련이라는 말을 들어 왔다. 내가 남자를 좋아한다면, 난 여자일 수밖에 없었다. 내 몸이 변하는 모습을 보

기를, 어느 날 놀랍게도 성기가 사라져 버린 상태와 맞닥
뜨리기를 꿈꿨다. 나의 성기가 저녁에 말라비틀어져서
아침에 여자의 성기에 자리를 내주는 일을 상상했다. 별
똥별을 볼 때마다 남자아이가 아니게 해달라고 빌지 않
은 적이 없었다. 일기장을 열면 여자가 되고 싶다는 나의
비밀스러운 의지에 ── 그리고 그와 늘 함께하던 두려움,
어머니에게 이 일기장을 들킬지도 모른다는 두려움에
── 대한 언급이 담기지 않은 쪽이 없었다.

　어느 날, 모든 게 중단됐다.
　내 어머니였다. 어머니는 중학교에서 내가 당하는 모
욕의 증가와 구타에 간접적으로 기여하고 말았다는 사
실을 몰랐다. 나는 나머지 세 명과 함께 헛간에 있었다.
스테판은 검지에 낀 반지를 통해 여성이라는 인장이 찍
힌 내 몸 위로 엎어져 있었다. 브뤼노는 파비앵과 관계를
하고 있었다. 어머니가 도착했다. 우리는 어머니가 오는
것을 보지 못했는데, 어머니는 손에 닭 모이로 줄 곡물로
가득한 유리그릇을 들고 왔다. 내가 거기, 우리 앞에 와
있는 어머니를 발견했을 때, ── 기계적이고 일상적인 동

작으로 닭에게 모이를 주는 여자의 상태에서부터 갓 열 살이 된 아들이 사촌과 비역질을 하는 장면을 목도한 어머니의 상태로 옮겨 갔을 그 찰나, 그 파열의 순간을 알아차리기에는 이미 너무 늦어 버린 — 내가 어머니를 봤을 때, 어머니는 이미 굳어 버려서 아주 작은 소리 하나를 내는 것도 아주 작은 동작 하나를 하는 것도 불가능했다. 이런 종류의 상황, 그러니까 결국 진부한 상황, 아무런 대비 없이 생각할 수도 없는 장면에 맞닥뜨려서 그 어떤 반응도 보여 줄 수 없는 상황에 빠진 사람에 대해 상상할 수 있는 모습대로, 그러니까 입을 반쯤 벌리고 눈알이 튀어나올 듯한 모습으로 나를 뚫어져라 바라봤다.

어머니도 나도 몇 초 동안은 그게 무엇이든지 아무것도 할 수 없었다. 그러다가 어머니가 유리그릇을 놓쳤고, 그릇은 쌓아 둔 장작에 부딪히면서 산산조각이 났다. 어머니는 깨진 그릇을 내려다보지 않았다. 뭔가를 깬 사람들이 그러듯이 깨진 그릇을 향해 시선을 떨구지 않았다. 어머니는 내 눈에서 자신의 눈길을 거두지 않았는데 그 시선이 담아낸 것이 무엇이었는지 이제는 알지 못한다. 어쩌면 역겨움이거나 혹은 비탄이었을까. 더는 모르겠다. 난 눈에 뵈는 게 없는 상태였는데, 너무 수치스러운데에다가 어머니가 다른 사람들에게, 아버지나 본인 친구들이나 마을 아낙들에게 전부 다 까발릴지도 모른다는 생각이 절로 들어서였다. 마을 여자들이 뭐라 떠들어댈지 벌써 귀에 선했다. *내가 늘 말하지 않았어, 걔, 벨괼네 아들 녀석, 좀 이상하다고, 다른 애들 같지 않다고 했잖아, 말할 때 손짓이라든가, 전부 다. 걔한테 호모 같은 구석이 있다는 건 누구다 다 알고 있었지.*

어머니는 한마디도 입 밖에 내지 않은 채 자리를 떴다. 나는 후다닥 옷을 주워 입었다. 서둘러 집으로 돌아가려고 했다. 다른 사람들에게 아무 말도 하지 말라고 어머니를 설득하려는 절망적인 행위. 필요하다면 어머니에게 애걸이라도 하려는 행위.

너무 늦어 버렸다.

문을 열자 어머니가 거기 있었다. 5분 전과 똑같은 표정 그대로 굳어 버린 얼굴이어서, 마치 남은 삶 동안 쭉 그런 상태로 얼굴이 마비되고 영원히 충격으로 뒤틀려 버린 것 같았다. 아버지가 옆에 있었는데 얼굴에 떠오른 표정이 흡사하게 바뀌어 있었다. 그도 이미 다 알았다. 서서히 내게 다가와 따귀를, 세찬 따귀를 날렸는데 나머지 한 손으로는 찢어질 정도로 억세게 내 티셔츠를 틀어 쥔 채였다. 두 번째 따귀, 세 번째, 계속해서 한마디 말도 없이 따귀가 이어졌다. 갑자기 다시는 그런 짓 말아라. 또다시 그런 짓을 하면 정말로 큰일 날 줄 알아.

헛간 이후

그 뒤 몇 주간, 헛간 사건 이야기는 들려오지 않았다. 나는 그 이야기가 사라졌으면 싶었다. 하지만 그 사건은 도처에 존재하며 나를 짓눌렀다. 나를 바라보는 부모의 시선은 매번 경고였고, 그들이 구사하는 억양, 몸짓 전부가 내게는 침묵을 지켜야 한다는 신호였다. 입 다물라는 명령. 그 이야기는 더는, 절대 꺼내지 말라는. 그 이야기를 다시 한다면, 그건 그 사건을 다시 되풀이하는 셈일 테니까.

그러니까 내가 그 이야기에서 완전히 벗어나지 못하고 있을 때, 그 이야기가 다시 터져 나왔다. 그랬다 하더라도 그 이야기가 다시 튀어나올 거라고는 예상하지 못했다. 나는 우리가, 그러니까 나, 내 부모, 내 친구들이 다 함께 나눠 가진 수치스러움이 너무나 강해서 누구든지 그 애기를 꺼내지 못할 테고 내게는 보호막으로 작용할 거라고 생각했다. 내가 틀렸다.

그 사내아이 둘이 복도로 나를 찾아왔다. 그 둘이 매일 아침 그러는 건 아니었다. 어떤 날은 오지 않았다. 그 둘도 나나 다른 모든 아이들처럼 종종 결석을 했고, 학교에 가지 않을 수만 있다면 어떤 핑곗거리라도 좋았다. 가끔은 내 쪽에서 더는 그 애들을 그곳에서 기다리지 않고 더는 얻어맞으러 가지 않기도 했다. 마치 어느 날 문득, 사람들이 전부를, 가족도 친구도 일자리도 포기해 버리고 자신들이 살아가는 삶의 의미를 이제 더는 믿지 않기로 선택하듯이. 그러한 믿음이 있어야만 존재하는 삶을 더는 믿지 않기로 선택하듯이. 그런 때면 나는 도서관으로 갔으나, 어쨌든 그들이 불쑥 나타날까 봐 무서웠고 그다음 날 보복을 당할까 봐 불안했다.

그들은 유난히 신경이 곤두선 듯했다. 난 그 아이들의 얼굴 선에서 그들의 기분을 읽을 줄 알게 되었다. 2년 동안 매일, 똑같은 복도에서 그들을 마주하고 난 뒤 그 누구보다도 그 둘을 잘 알게 되었다. 그들이 피곤한 때와 그들이 덜 피곤한 때를 구별할 수 있었다. 맹세코, 가끔 은 두 아이 중 하나가 힘들어 보일 때면 그 아이에 대한 일종의 연민을 느꼈고, 걱정이 됐다. 그 아이가 왜 그럴 지 그 원인을 짐작해 보느라고 하루 종일 스스로에게 이 런저런 질문을 던졌다. 그들이 내 얼굴에 침을 뱉으면 그 들이 무엇을 먹었는지를 말해 줄 수도 있었으리라. 이제 나는 그들을 속속들이 알았다.

그들은 웃음을 지으며 그게, 떠도는 소문이 사실인지 를 알고 싶어 했다. 모두가 이야기해 대는, 학교에서 가 장 핫한 화제가 되어 버린 그 일. 그들은 그게 사실인지, 내 사촌, 바로 내 사촌이 본인이 주장하듯 그런 짓을 내 게 했는지를 ── 그리고 그 정보가 그들의 기대치를 넘어 선 만큼, 그런 종류의 사건을 늘 바라 왔던 만큼 그게 사 실일 거라고는 거의 믿지 않는 눈치였다 ── 알고 싶어 했 다. 널 자빠뜨린 게 네 사촌이냐. 그랬다고 모두에게 떠 들고 다니던데. 어느 날 오후 헛간에서 사촌이 오줌을 싸 려고 무리에서 떨어져 나갔을 때, 내가 자신을 쫓아와 손가락으로 자기 성기를 슬쩍 쓰다듬었다고 사촌이 얘기했단다. 두 아이가 내게 전해 준 사촌의 이야기를 들어보면, 그러더니 이번에는 내가 바지를 내리고 그에게 내 몸을 비벼 대고는 무릎을 꿇고서 그의 성기를 입에 넣었단다. 결국 그가 내게 삽입을 했고 난 그걸 좋아했고 계집애처럼 소리를 질렀고 여자 노릇을 하려고 내가 반지를 갖고 왔다는 거였다.

적갈색 머리의 껑다리가 내 목을 조르며 빨리 대답하라고 강요했다. 목덜미에 와 닿던 그 차가운 손가락, 나의 웃음, 공포, 털어놓기를 기다림. 걔가 얘기한 건 다 말도 안 되는 소리야. 걔, 내 사촌은 살짝 맛이 갔다고. 장애인 반에 있다는 게 그 증거 아니겠어. 난 더러운 똥꼬충이 아니야. 내 말은 설득력이 없었다. 그 이야기가 꾸며 낸 것이었다 하더라도 그들을 진정시키기는 불가능했으리라. 사촌이 들려준 이야기는 그들이 나에 대해 가진 이미지와 너무나 잘 들어맞았다. 짜증. 거짓말은 그만 하지, 이 호모 새끼야, 사실인 거 다 알아.

그는 얼굴에 침을 뱉지 않았다. 그날 아침에는 윗도리 소매에 침을 뱉었다. 하도 두툼해서 흐르지도 않는 푸른 기 도는 가래침이었다. 곱사등이 작다리도 같은 부위에 (얇은 추리닝 윗도리로, 푸른 바탕에 검은색 줄이 들어 있었고 겨울에 입는 거였다. 외투를 잃어 버린 뒤로 나의 부모는 외투를 다시 사줄 여력이 없었다. *알아서 해, 그러게 누가 네 물건 잃어버리래*) 똑같은 짓을 했다. 그들은 웃었다. 윗도리에 들러붙은 가래침을 바라보면서 그들이 내 얼굴이 아니라 여기에 침을 뱉는 것은 날 봐주기 위한 거라고 생각했다. 그런데 적갈색 머리의 꺽다리가 말했다. *처먹어, 가래침. 이 호모 새끼야.* 나는 늘 그렇듯 이 계속 웃음을 지었다. 그들이 농담을 한다고 생각해서 가 아니라 웃음을 보임으로써 상황을 뒤엎고 그 요구를 한낱 농담으로 만들 수 있기를 바라서였다. 그가 되풀이 해 말했다. *어서 처먹으라니까, 이 호모 새끼야, 어서.* 나는 거부했다. 평소라면 그러지 않았고 그러는 적이 거의 없었지만, 가래침을 먹고 싶지 않았고, 토할지도 몰랐다. 싫다고 말했다. 그러자 한 명이 팔을 잡고 다른 한 명이 머리를 잡았다. 그들은 내 얼굴을 가래침에 갖다 대며 윽

박질렀다. 핥아, 호모 새끼야, 핥으라고. 나는 느릿느릿
혀를 내밀어 가래침을 핥았고 그러자 악취가 입 안 가득
퍼졌다. 내가 혀를 한 번씩 놀릴 때마다 그들은 어버이처
럼 다정한 목소리로 격려했다(두 손으로 내 머리를 짓누
르면서). 좋아, 계속해, 어서, 아주 좋아. 나는 윗도리 소
매를 계속 핥았고, 그들은 가래침이 다 사라질 때까지 내
게 그 일을 요구했다. 그들이 떠났다.

이날을 시작으로 잠에서 빠져나와 맞이하는 하루의
시작이 점점 더 비현실적이 되어 갔다. 잠에서 깨어나면
술에 취한 느낌이 들었다. 소문은 이미 번졌고 학교에 가
면 내게 와 닿는 시선들은 점점 더 집요해졌다. 호모 새
끼라는 말이 복도에서 더 자주 들렸고 책가방을 열면 쪽
지가 들어 있었다. 뒈져, 통쟁이. 그때까지만 해도 마을
에 나갔을 때 어른들에게서 그런 모욕적인 말을 듣는 일
은 겪지 않았는데, 이제는 처음으로 그런 일까지 발생
했다.

도로에서 사내아이 몇 명과 축구를 하던 어느 여름 저

녁 날. 땀에 전 러닝셔츠 그리고 배낭과 스웨터를 맨땅에 늘어놓아 상상의 축구장 경계를 삼고 즉흥 경기를 펼치는 동안 고조된 긴장. 나는 스테판, 그 밖의 다른 아이들 몇 명과 함께였다.

나의 무능함에 파비앵, 케빈, 스티븐, 조르당은 짜증을 냈다. 건수만 잡았다 하면 신경질을 내는 친구들이었다. 우리 팀이 지게 만들려고 아주 지랄을 하는구나, 정말이지 쓸모없는 새끼, 다음번에는 널 우리 팀에 넣지 않겠어. 이런 말을 나에게만 하는 것은 아니었다. 짜증과 욕설은 축구의 일부였다.

하지만 스테판이 상당 부분을 지어내 가며 그 이야기를 까발리고 나서 몇 주가 흐른 뒤인 그날 저녁에는 상황이 다르게 흘러갔다. 그들 중 한 명이 — 잊을 수 있다면, 아니 더 나아가 그 말들을 완전히 사라지게 만들려는 망각의 행위마저 잊을 수 있다면 얼마나 좋을까 싶은 말들 — 사촌이랑 성관계를 갖는 것보다는 축구 연습을 하는 게 더 좋지 않겠냐고 말했다. 스테판이랑 비역질이나 하지 말고 축구 연습을 하는 게 더 좋지 않겠어. 사촌마저 웃어 댔다. 이는 나로서는 설명할 수 없는 일. 왜 스테판은 그

213

이야기를 했던 걸까? 왜 그는 수치, 조롱을 두려워하지 않았던 걸까? 왜 그는 우리가 다 함께 축구를 했던 그날 저녁뿐만 아니라 또다시 모욕이 되풀이되었던 여러 다른 저녁에도 증오와 모욕의 대상이 되지 않았던 걸까?

그 일은 우리 둘이 함께했다. 아니 브뤼노와 파비앵까지 합하면 사실 넷이었다. 하지만 헛간에서의 만남에 그들도 참여했다는 사실은 수면 위로 떠오른 적이 없었다. 나는 아무 말도 할 수 없었다. 그 여파가 두려워서였다. 그리고 그런 식의 물타기가 아무 소용없었으리라는 것을, 스테판처럼 나머지 두 명도 피해 갔으리라는 것을 알고 있었다. 논리적으로 따져 보자면 스테판도 호모 새끼 취급을 받아야 했다. 죄악은 행위가 아니라 존재이다. 특히 겉모습이다.

변신

유채 밭의 냄새에 대한 기억은 흐릿하지만 농부들이 두엄 더미가 천천히 햇볕에 타들어 가게 내버려 두는 통에 마을 골목마다 번져 나가던 탄내에 대한 기억은 또렷하다. 나는 천식이 있어서 기침을 많이 했다. 목구멍 안쪽과 입천장에 끼던 가래. 두엄 더미가 기체로 바뀌었다가 내 입 안에 자리 잡으면서 그곳을 회색빛 도는 얇은 막으로 덮어 버리기라도 한 느낌이었다.

어머니가 우리 집 맞은편의 농가에서 키우는 암소에게서 방금 짜내어 여전히 미지근한 온기가 남아 있던 우유에 대한 기억은 흐릿하지만, 음식이 부족해서 어머니가 오늘 저녁에는 우유를 먹자고, 가난을 가리키는 이 신조어를 말하던 저녁나절들에 대한 기억은 생생하다.

다른 사람들 — 형제자매나 친구들 — 도 그만큼 시골

에서의 삶에 고통받았을 거라고는 생각하지 않는다. 그
들 사이에 끼지 못했던 나로서는 그 세계에 속하는 건 전
부 내쳐야만 했다. 두엄 내는 얻어맞았기 때문에 그 냄새
를 들이쉴 수가 없었고, 배고픔은 아버지에 대한 증오 때
문에 견딜 수가 없었다.

도망쳐야만 했다.

하지만 다른 세상이 존재하는지를 모른다면 달아날
생각이 저절로 들지 않는다. 도주가 하나의 가능성일 수
있음을 모르니까. 우선은 다른 사람들과 같아지려는 시
도를 한다. 그래서 나는 다른 사람들과 같아지려는 시도
를 했다.

열두 살이 됐을 때 그 두 아이가 중학교를 떠났다. 적
갈색 머리의 껑다리는 도색공 자격증을 따기 위한 공부
를 시작했고 등이 굽은 작다리는 학업을 중단했다. 그 아
이는 부모가 받는 가족 수당이 중단되지 않도록 열여섯
이 되기를 기다렸다가 학교를 떠났다. 두 아이가 사라지
면서 새로운 출발의 기회가 생겼다. 모욕과 조롱이 계속

될지라도, 그들이 사라진 뒤로(새로운 강박. 내가 배정될 고등학교에 가지 않겠다는, 그곳에 가서 그들을 다시 맞닥뜨리지 않겠다는) 중학교에서의 생활은 모든 면에서 비교가 되지 않을 정도였다.

이제는 늘 그러듯이, 그때까지 늘 그래 왔듯이 행동해서는 안 되었다. 말할 때의 습관적 동작에 주의하기, 목소리를 좀 더 굵게 내는 법 터득하기, 오롯이 수컷의 영역에 속하는 활동에 전념하기. 더 빈번하게 축구하기, 예전의 프로그램들은 더 이상 시청 않기, 예전의 음악들은 더 이상 듣지 않기. 아침마다 욕실에서 등교 준비를 하면서 나는 그 문장 하나하나가 뜻을 잃고 음절과 소리의 연속에 지나지 않게 될 때까지 쉼 없이 되뇌었다. 나는 멈췄다가 다시 되뇌었다. 오늘 난 진짜 수컷이다. 나는 그 문장을 기억한다. 마치 기도문을 외듯, 그 단어들로, 정확하게 그 단어들로 이루어진 그 문장을 한 자도 빼지 않고 되뇌었으니까. 오늘 난 진짜 수컷이다(이 대목을 쓰면서 눈물을 흘린다. 그 문장이 우스꽝스럽고 추악하다는 생각이 들어서이다. 몇 년 동안 나와 함께했고, 이를테면, 내가 과장한다고는 생각지 않는데, 내 존재의 중심

217

이었던 그 문상이).

　매일이 찢김이었다. 사람은 그렇게 쉽게 바뀌지 않는
다. 나는 내가 되고자 했던 그런 진짜 수컷이 아니었다.
어쨌든 거짓말이 새로운 진실이 생겨나게 할 수 있는 유
일한 가능성임을 깨달았다. 다른 누군가가 되기란 나를
다른 사람으로 생각하는 것임을, 서서히, 차츰차츰 지금
의 내가 아닌 존재가 되기 위해서 지금 그런 존재라고 생
각하는 것임을 의미했다(훨씬 뒤에 가서야 날아들게 될
경고. 스스로를 누구로 생각하는 건가?).

로라

　남자가 되기 위해서는 필연적으로 여자를 거쳐 가야 했다. 두 사내아이가 중학교를 떠난 바로 그해에 로라를 만났다. 로라는 막 옆 마을의 위탁 가정에 살러 온 참이었다. 로라의 어머니는 친권을 포기하기로 결심했다. 특별한 이유가 있었는지는 모른다. 어쩌면 나의 어머니처럼 로라의 어머니도 어머니라는 현실에 지쳤을지 모른다. 어쩌면 피로감이 극에 달했을지 모른다. 로라는 그저 말했다. 더 이상 날 원하지 않아, 어머니가, 어머니랑 살면 좋겠지만 어머니가 원하질 않아.

　로라는 중학교에서 평판이 나빴다. 로라는 도시의 계집애였고 — 어머니와 살 때 도시에서 컸으니까 — 도시의 계집애들이 시골에 나타나면 말하는 방식, 생활 방식, 시골 사람들에게는 도발적으로 보이는 차림새 때문에 적대적인 반응을 불러일으켰다. 학교 앞에서 아이들을 기다리는 여자들의 평. *계집애가 저렇게 옷을 입으면 안 되지, 아무리 어려도, 점잖지 못하게 말야.* 아이들의 평. *로라, 잰 걸레야.* 로라가 내쳐짐의 대상이어서 접근하기가 더 쉬웠다. 나는 변신을 완성하려고 그 아이를 골랐다.

　로라와 가장 친한 친구들 가운데 한 명이 우리 집 근처에 사는 애라서, 처음에 그 아이를 사이에 세워 로라에게 접근했다. 그 아이에게 로라가 마음에 든다고 말했다. 나는 어떻게 일을 풀어 나가야 하는지 알고 있었다. 우리는 아이들이었지만 이미 아이들 세계에서도 이런 일에는 따라야 할 절차가 확고했다. 관습에 따르면 우리는 편지를 써야 했다. 여자에게 접근하려면 그런 방법을 통해야 했다. 나는 종이 한 장을 꺼내어 몇 자 끼적거렸다. 아니, 그렇다기 보다는 여러 장에 걸쳐 긴 사랑 고백을 적어내려 갔다. 그러고는 전형적인 질문으로 편지를 마무리했다. *나랑 사귈래?* 이 질문에 이어 네모 칸 두 개를 그려 넣고, 각각의 네모 칸 밑에 *좋아*와 *싫어*를 적고, 추신으로 원하는 답에 표시할 것이라고 덧붙이는 정성까지 쏟았다. 나는 로라를 보러 갔다. 운동장을 가로질러 그 아이에게 편지를 내밀었다. 답 줘. 이 말 또한 편지와 더불어 정해진 절차의 일부였다.

기다림. 로라는 답을 주지 않고 미적거렸다. 그 아이의 주저가 읽혔다. 내가 가까이 지나갈 때면 떨구는 눈길. 나는 여러 날 동안 아무런 표시도 아무런 말도 없이 가만히 있었다. 그 아이가 왜 답을 주지 않는지 아니까. 운동장 한가운데에서, 벤치나 나무나 그 무엇에든 올라서서 너는 비겁하다고 그 아이에게 말하고, 아니 말할 뿐만 아니라 외치고 싶은 적이 여러 번이었다. 또한 나의 제안을 받아들인다면 그것은 곧 나와 수치를 나눠 가짐을 의미했을 테니 나를 원하지 않는 거라고도.

나는 끈질겼다. 또 다른 편지들도 보냈다. 마침내 로라가 받아들였다.

로라는 친구 중 한 명을 통해 간단히 내게 말을 전해 왔다. 장소는 운동장의 지붕 덮인 곳, 시간은 늦은 오후, 그러니까 수업이 끝나고 통학 버스에 오르기 전으로 만날 약속이 잡혔다. 커플들이 키스를 나누려고 매일 같은 시각에 서로 만나는 장소가 바로 거기였다. 처음에는 자습 감독관이 아이들을 쫓아 버리려고 했던 적이 있었다. *여기가 어디라고 생각하는 거지? 누가 그렇게 키스를 한다니, 영화 찍니. 여긴 학교라고.* 그러던 그녀도 좌절하고 말았다.

로라가 기다리고 있었다. 혼자가 아니었다. 소문이 퍼졌던지라 다른 아이들도 그 장면을 직접 보겠다고 와 있었다. 그들은 내가 여자아이에게 키스하는 모습을 보려고, 그 모든 게 사실인지를 보려고 했다. 나는 말없이 떨면서 다가갔다. 로라에게 키스했다. 내 입술을 그 아이의 입술에 갖다 댔고 그러다가 로라가 내 입 안에 혀를 넣으려고 한다는 것을 깨달았다. 그냥 내버려 뒀다. 키스는 몇 분간 계속되었다. 나는 1초 1초를 세면서 언제 끝날지, 남자인 내가 알아서 키스를 끝내야 하는지 주도해야 하는지를 혹은 기다려야 하는지 궁금했다. 그러면서 동시에 키스가 계속되기를 원했다. 다른 아이들이 이 장면을 보기를, 가능한 한 수많은 눈이, 군중이, 여러 패거리들이 보기를 원했다. 나는 증인들을 원했고, 그들이 나를 치욕으로 뒤덮었던 일에 대해 스스로를 어리석고 부끄럽게 느끼며 자신들이 처음부터 말도 안 되는 실수를 저질렀다고 생각하기를 원했고, 그러한 실수로 그들의 신용이 깎이고 상처 입기를 원했다. 키스는 끝이 났고 나는 달려가고 싶은 욕망을 느끼며 자리를 떴다. 그 행위가 불결하고 더럽다고 느꼈다.

통학 버스에서 혼자 앉아 좌석 밑에 몰래 침을 뱉으면서, 입 속에 박혀 버린 그녀의 냄새를 빼보려고 이와 혀를 손가락으로 훑어 내면서, 로라의 침과 입 안에 밴 그녀의 냄새를 없애려고 애를 썼다. 다 때려 치울까도 생각해 봤다. 당장 내일부터 이럴 필요 없다고 말할 생각도 해봤다. 바로 그날 저녁 스테판을 만났는데 내게 이런저런 질문들을 해왔다. *그래, 뭐, 이젠 정말 네게 깔치가 생겼어. 근데 네 깔치는 로라지, 모두가 개걸레라고 말하는 계집애.* 그의 질문들에는 단 한 번도 그와 나눴던 적이 없는 일종의 경탄, 수컷들끼리의 공모 의식이 담겼음을 알아챘다. 걸레를 사귄다는 사실로 인해 나의 가치가 더 높아졌다. 로라가 나를 〈로라와 사귀었던 사내들의 모임〉에 속한 수컷 우월론자로 만들어 줬다. 사촌과 이런 대화를 나눈 뒤로 그만두려는 생각을 바꿨다.

그래서 매일매일 통학 버스에 올라타기 전에 로라와 만나는 일이 지속되었다. 점점 더 많은 아이들이 우리 관계에 대해 알게 됐다. 방과 후에만이 아니라 수업이 시작되기 전 로라를 만나게 되는 아침 시간에도 키스를, 길고 긴 키스를 나눴다. 아이들이 그녀와 나에 대해, 우리가 커플이 된 것에 대해, 우리의 *이야기*에 대해 이것저것 물어 오는 것을 몹시 즐겼다.

로라는 내게 편지를 보냈고, 그러면 나는 어머니가 빨래하다가 발견하라고 일부러 바지 주머니에 편지들을 넣어 두었다. 어느 날 저녁 식사 자리에서 어머니는 말하고 싶은 욕구를 누를 수가 없었다. 하지만 저녁 식사를 하는 동안에는 말없이 침묵을 지키며 텔레비전을 시청하는 것이 우리 집의 관례였고 그렇게 하지 않으면 아버지가 벌컥 화를 냈다. 닥쳐, 귀청 떨어지겠다. 어머니의

말. 그런데 에디야, 여친 생겼나 봐, 연애편지 정리 좀 잘
해 두면 좋지 않겠니. 난 그런 말이 거북한 척 꾸몄다. 사
실은 속에서 들끓는 기쁨과 자랑스러움을 가까스로 억
눌렀다. 적어도 그날 저녁 식사 시간 동안은 어머니를 끈
질기게 괴롭히는 의심을 사라지게 만들었다. 어머니의
얼굴이 환했다.

   저녁마다 로라와 몇 시간씩 통화하느라고 공중전화
박스의 전화기를 붙들고 있었는데, 이때도 역시 저녁 동
안 집에 없을 거라는 사실을 부모에게 알렸다. 그들이 불
안해할 이유는 없었다. 그들은 유선 전화도 인터넷도 연
결을 하지 않았는데, 마을 주민 대부분이 그랬고 내가 이
글을 쓰는 지금에도 어머니가 그렇다. 그래서 로라와 통
화를 하려면 버스 정류장 옆의 공중 전화 박스로 가야만
했다. 로라가 위탁 가정의 전화로 그곳으로 전화를 걸어
왔다.
   버스 정류장에 가면 친구들을 만나게 되어 있었다. 그
들은 내게 자기네랑 함께하자고 제안했다. 로라, 내 깔치
에게 전화를 해야 돼서 그럴 수 없다고 그들에게 말하면

서, 그들을 옆에 두고서 네 시간이고 다섯 시간이고 로라와 대화하느라고 전화 박스에 머물면서 얼마나 짜릿한 즐거움을 느꼈던가.

그런데 꼭 한 번, 운동장에서 로라와 키스를 나누고 있을 때 은은한 열기가 아랫배에 생겨났다. 성기가 단단해지는 게 느껴졌고, 우리, 로라와 내가 키스를 이어 갈수록 성기가 점점 더 곧추섰다. 욕구가 느껴졌다. 육체적으로 드러나며 흉내 내거나 연기할 수 없는 욕구가. 헛간에서 친구들을 상대할 때처럼, 아버지가 자기 방에서 보는 포르노물에 나오는 남자들처럼 발기했다. 아버지는 방으로 들어가면서 대놓고 말했다. *방에서 야동 볼 거니까 귀찮게 하지 마라.* 나는 여자 때문에 발기한 적이 단 한 번도 없었다. 이제 내 계획이 몰고 온 결과가 보였다. 육체가 의지 앞에서 무릎을 꿇고 말았다. 사람들은 끊임없이 이런저런 역할을 맡는다. 그런데 거기에는 가면의 진실이라는 게 있다. 내가 쓴 가면의 진실은 다르게 존재하려는 그 의지였다.

드디어 나왔다. 나는 귀갓길에, 학교에서 집으로 돌아가는 길에 이 결정적인 사실을 끝없이 되풀이해 듣는 노랫가락처럼 물리게 곱씹었고, 그 노래는 반복될 때마다 진정 효과보다는 흥분 효과를 점점 더 강하게 발휘했는데, 이는 날뛰지는 않는다 해도 점점 더 열기를 띠는 몸에서 드러났다. 부모와 마주치는 순간 난 그들이 나의 변화(나았다, 나았어)를 알아채리라고 기대했다. 어쩌면 몸이 갑자기 변했을 거라고, 어쩌면 내 몸이 갑자기 내 형제들의 몸처럼 진짜 수컷의 몸으로 바뀌었을지도 모른다고 생각했다. 그들이 내가 달라진 것을 알아보리라고 철석같이 믿었다.

그들은 아무것도 보지 못했다.

그날 늦은 오후 시간에 대한 기억. 버스에서 거세게 고동치던 나의 심장, 나의 숨결, 사실 숨결이라고 부를 만한 것이라기보다는 호흡 곤란, 내가 문을 열 때 문 밑에 끼여 있다가 날카로운 소음을 만들어 내던 작은 조약돌들. 흥분한 김에 아버지에게 인사를 건넸다. 다녀왔습니다.

닥쳐. 텔레비전 보는 거 안 보여.

육체의 반란

그때까지 치료할 수 없을 것만 같았던 병에서 빠져나왔다는 생각에 눈이 멀어, 잠시 육체의 저항을 잊었다. 거짓이 진실이 되기 위해서, 변하기를 원하고 자기 자신에 대해 거짓을 말하는 것만으로 충분하지 않다는 것을 미처 고려하지 못했다.

학교 운동장에서 로라와 함께 있는데 디미트리가 다가왔다. 그는 무례함, 형편없는 성적 등등의 처신이 안겨준 유례없는 명성을 후광처럼 달고 다녔고, 진짜 수컷 무리에 속했다. 그는 나를 못 본 체하며 로라에게 직접 말을 건넸다. *왜 에디하고 사귀는 거야? 너랑 다니는 그 녀석은 호모 새끼인데. 모두가 그러던데, 넌 호모 새끼의 깔치라고.* 로라의 얼굴에 웃음이, 내가 보기에는 수치심을 감추기 위한 웃음이 아니라 공모의 웃음이 서서히 번졌는데, 자신도 그의 말에 동의하지 않는 건 아니며 자신도 전부 다 알고 있고 다른 아이들이 이미 그런 얘기를 해줬음을 의미하는 웃음이었다. 나는 고개를 떨궜고 로라에게 사과하고 싶다는 생각이 잠깐 들었다. 짐을 나눠 갖게 해서 미안하다고 말하고 싶은.

내가 어떤 덫에 걸렸는지를, 부모의 세계와 중학교의 세계에서는 변한다는 것이 불가능하다는 것을 보여 주는 순간들이 바로 그런 때였다.

내 육체의 최후의 배반은 친구 몇 명과 클럽에 갔던 저녁에 발생했다. 그들은 나보다 더 나이가 많았고 운전면허가 있었다. 그들이 말했다. 클럽에 가서 깔치를 찾아보자. 화끈한 계집애 하나 후려 보자고.

그들 모두 성년이 되자마자 운전면허를 따면 마을이라는 답답한 공간에서 해방되리라고, 그렇게 여행을 다닐 수 있을 거라고(실제로는 한 번도 그런 적이 없다), 나들이를 할 수 있을 거라고(근처 클럽이나 몇 킬로미터 떨어진 바다보다 더 멀리 나아간 적은 결코 없다) 생각했다.

그들은 그 소중한 분홍색 면허증을 갖기 위해서 — 공장에 이미 고용된 것이 아니라면 — 종종 여름 한철을 공장에서 일했다. 그들은 오히려 운전면허증이 다른 것들이나 마찬가지로 그들을 이곳에 묶어 두는 요인들 가운데 하나라는 것을 보지 못했다. 이제부터는 버스 정류장이 아니라 자신들의 차 안에서 — 따뜻하게, 라디오를 틀어 음악을 들으며 — 저녁 시간을 술을 마시며 보내게 되리라는 것을. 나는 운전면허 시험 보기를 거부했다. 절대로 발을 들여놓지 않겠다고 다짐했던 공장에 한 달 일하러 가는 것도. 열여덟 살이 되면 나는 무슨 일이 있더라도 그들과는 이미 멀리 떨어져 있을 거다.

그날 저녁 클럽 — 그곳은 르 지뷔스라고 불렸다 — 은 그 지역의 젊은이 수백 명이 몰려들어서, 들어서자마자 움직이는 빽빽하고 거대한 덩어리에 삼켜질 판이었다. 클럽에서는 그 지역에서 나름 유명세가 있는 가수가 랩 콘서트를 여는 중이었다. 움직이는 이 군중 — 단 하나의 블록, 흐느적대며 움직이는 거대하고 막대한 단 하

231

나의 덩어리로 보일 정도인 ─속에서, 땀 흘리는 육체들
이 서로 부딪히고 비비적댔다. 대체로 근육질에, 땀 냄새
말고도 나 역시 사용하는 싸구려 애프터 셰이브 냄새가
밴 육체들.

나는 이만한 군중을 동원할 수 있는 가수를 보려고 무
대 가까이로 다가갔다. 팔꿈치로 밀면서 임시로 세워 놓
은 무대 가까이에 내 한 몸 겨우 설 수 있을 공간을 만들
어 냈다. 술에 전 남자들이 서로 떠밀다가 쏟은 술로 바
닥이 끈적거렸다. 내 뒤에는 어떤 남자가, 나보다 훨씬
더 나이가 많고 내가 거기까지 길을 낼 수 있게 도와줬던
남자가 서 있었다. 나는 아마도 그 클럽에서 가장 나이가
어린 사람이었을 거다. 그 남자도 그 사실을 알아차렸고,
나를 돕고 싶어 했다.

그는 30대였다. 그는 그 당시 가장 쳐주던 에르네스 운
동복 ─ 우리 마을과 인근 마을의 수많은 사내아이들이
걸핏하면 그 상표의 옷을 입었듯이, 그리고 나 역시 오랫
동안 그 상표의 옷을 입었듯이 ─ 을 입고 삭발한 머리에
는 비스듬히 캡을 썼고, 목에는 거창한 황금빛 사슬을 걸

고 있었다. 그가 입고 있는 티셔츠에는 거대한 아가리를 벌린 늑대 대가리가 여봐란 듯이 박혀 있었다. 이제 와서 그 티셔츠 생각을 하니 추악하고 천박해 보인다. 하지만 그날 저녁에 그 티셔츠는 내게 어마어마한 인상을 남겼다.

그의 입김은 황소의 입김처럼 거셌고 향이(아니스주의 향) 났는데, 목덜미에 그의 입김이 와 닿는 것이 느껴졌다.

가수가 도착했다. 군중이 웅성거리더니 무대를 향해 몰렸다. 그 남자가 밀리면서 내 몸에 그의 몸이 닿았고, 군중이 움직일 때마다 우리는 서로의 몸을 비벼댔다. 우리는 점점 찰싹 들러붙게 됐다. 그는 거북해하면서도 재미있다는 듯이 웃었고 몸에서는 땀 냄새가 풍겨 왔다.

나는 그의 몸 상태의 변화를, 그의 성기가 점점 일어서다가 매번 더 굵어지고 매번 더 뻣뻣해지면서 음악의 리듬을 타고 거의 박자에 맞추듯 내 등 아랫부분을 툭툭 때리고 있음을 감지했다. 그가 조깅복을 입고 있었기에 정확히 그 윤곽을 짐작할 수 있었다.

그날 밤 나를 사로잡았던 건 열기였다.

나로서는 그 음악을 견딜 수 없었지만 내 몸을 그의 몸에 밀착시키기 위해서 그 자리에서 꼼짝도 하지 않았다. 그날 밤 이래로 그 음악을 듣고 또 들으면서 적어도 내 꿈과 내 머릿속에서 그 남자에 대한 기억을 재구축해 보려고 했다. 그 노랫말은 내 안에 새겨진 채로 영원히 남아 있다.

걸, 분명히 말하네, 날 사랑한다고
널 절정으로 몰 때
누워 함께 춤출 때
오 걸, 그 누구보다 우아하게 대마초를 나누고
정점을 찍으며 네 치명적 아름다움에 무릎을 꿇었지
토요일 저녁, 분위기는 달아오르고
난 어둠 속에서 젊고 예쁜 여자를 찍어
그녀에게 다가가 뭘 마실 건지 물어
그녀의 대답〈잠깐, 우린 서로 모르잖아, 꺼져.〉

집에 돌아오자마자 서둘러 옷을 벗어던지고 수음을

했다. 호흡이 억누를 길 없는 신음으로 토막이 났다. 소리를 내서는 안 되었다. 같은 방을 쓰는 누나가 아래층 침대에서 자고 있었다. 내 몸 전체에, 두 귀에서부터 피부의 땀구멍 하나하나를 거쳐 축축해진 목덜미에 이르기까지 오르가슴으로 경련이 일었다.

이 사건이 있은 뒤로 내 몸은 끊임없이 나에게 맞서 일어났고, 나도 다른 사람들처럼 되겠다는, 나도 여자를 좋아하겠다는 내 모든 야심을 뭉개 버리고 나를 다시 내 욕망으로 되돌려놓았다.

그날 밤 이래로 집에 혼자 있는 저녁이면 종종 형의 침대나 내 침대에 눕곤 했다. 어머니와 아버지는 식전에 가볍게 술을 마시러 이웃집에 다녀온다고 했지만 그 술자리는 밤새 계속됐다. *곧 돌아오마, 이웃집에서 딱 한 잔만 마실 거야.* 아니스주 술병들은 곧 바닥이 났고 그러면 아버지가 차를 몰고 가게로 가서 술을 여러 병 더 사왔다 (*이러고저러고 간에 굶었을 때보다는 술에 취했을 때 난 운전을 더 잘한다고*). 어머니는 어쨌든 내게 전화를 해서 늦어도 걱정할 필요 없다고 말했다. 그들은 이웃과 더

불어 살짝 스트레스를 푸는 것뿐이었다. 어머니가 말했다. 이건 당연해. 네 아버지만 해도 공장에서 맨날 그렇게 보내잖니. 나도 하루 종일 집안일을 했고. 나도 조금은 쉴 자격이 있단다(아버지가 일자리를 잃자 — 공장에서의 사고 — 어머니는 말했다. 하루 종일 일을 해야 했고, 게다가 꼼짝도 못 하고 텔레비전 앞에 앉아 있는 네 아버지도 견뎌 내야만 했으니, 나도 조금은 스트레스를 풀 권리가 있다고). 내가 걱정할 일은 없는 거였고, 원한다면 벽장에 있는 통조림이나 점심 때 먹었던 감자튀김을 다시 데워서 혼자 식사를 하면 되는 거였다. 어머니는 그들이 집을 비우는 저녁나절이 내게는 소중한 자유의 공간이 생기는 기회라는 걸 의심조차 못 했다.

형은 매트리스 밑에다가 포르노 잡지를 숨겨 뒀다. 모두가 그 사실을 알았고, 그 역시 진짜로 숨겼다고는 할 수 없는 게 포르노 잡지를 본다는 사실에서 은근한 자부심을 끌어냈으니까. 티티와 데데가 빌려 온 에로물들을 부엌 찬장에 여봐란 듯이 놔두는 아버지처럼.

나는 잡지를 들고 와서 침대에 누웠고, 잡지에서 두 다리를 벌려 젖은 성기를 드러낸, 좀 더 도드라지게 클리토

리스를 부각시키려고 가끔 손가락으로 음순 양옆을 눌러 도톰한 음순을 내보이는 벌거벗은 여자들의 사진들을 찾아냈다. 내게는 혹으로, 두 개의 비정상적 부위로, 병자들의 몸에 생기는 고름 덩어리로 여겨지는 젖가슴. 벌거벗은 이 여자들을 앞에 두고 나는 성기를 문질렀고, 강도를 점점 더 높여서 수음할 때의 왕복 운동을 흉내 내어 봤다. 가능한 한 온 정신을 쏟고 별의별 장면을 상상하면서 그 일에 몇 시간씩이고 쏟아부었다. 몸이 점점 더 축축해졌고, 악착스러운 노력 끝에 땀에 젖은 몸에 금방 옷이 들러붙었다. 일찌감치 어려서부터 알던 사실이고 심지어 늘 알고 있었다고 말할 수 있을 텐데도, 나를 흔들어 놓는 것은 남자의 몸을 볼 때이며 그 반대는 상상으로라도 해본 적이 없었음을 알았으면서도, 오르가슴에 도달하고 싶어 했고 그러려고 억지로 애를 썼다.

쾌락은 느껴지지 않았다. 결코. 그리고 대부분의 경우 성기를 너무 문댄 결과 피부가 성나고 물집이 잡혀, 여러 날 동안 통증에 시달렸다.

마지막 연애 시도 : 사브리나

로라가 편지로 결별을 알려 왔다. 로라는 수치를 나눠 지는 것을 더 이상 견디지 못했고, 그녀로서는 속 시원히 설명할 수 없었겠지만, 어쩌면 나도 모르게 내가 우리 둘 사이의 거리를 좁히지 않는 것 때문에 힘들어했을지도 모른다. 몇 주 뒤, 로라는 다른 남자아이를 만나게 되리라. 방학 동안 어머니를 보기 위해 1년에 몇 번씩 들렀던 도시의 남자아이. 로라는 새 애인과 보내는 저녁 시간, 둘이 영화를 보고 그 가운데 몇 장면을 따라 해본 일, 서로 자주 보지 못하기 때문에 대여섯 차례 연거푸 사랑을 나눈 무모한 날들, 그리고 그 케빈이 다른 사내아이의 코뼈를 부러뜨린 무훈에 대해 이야기해 주리라. *걔가 나한테 휘파람을 불었거든. 날 보고 근사한데라고 했어. 그러자 케빈이 걔를 보러 가서는 이랬지. 내 여친한테 그런*

식으로 말하지 마, 예의를 갖추라고. 걔가 대꾸했고, 그
러자 갑자기 케빈이 걔 얼굴을 날려 버렸어. 수많은 사람
들이 창문 너머로 그 장면을 지켜보는데 말이야.

로라는 자기도 모르는 새 — 어쩌면 내 생각보다 더
의도적인 것일 수도 있겠지만 — 내가 그녀와 함께 있으
면서 그녀를 위해 해줄 수 없었던 것이 무엇인지를 분명
히 깨우쳐 줬다. 우리는 사랑을 나눈 적이 한 번도 없었
고, 내가 그녀를 위해 싸운 적 역시 한 번도 없었다. 나는
얻어맞는 쪽이었지 때리는 쪽이 아니었다.

누나가 나를 자기 친구들 중 한 명에게 소개해 줘야겠
다는 결심을 했다. 누나가 말했다. 넌 여자 친구를 가져
야 할 나이야. 실제로 내 나이에 이른 마을의 남자아이들
대부분이 마을의 여자아이들과 사귀었고, 그러다가 평
생 지속될 커플 관계 속에 자리 잡는 일도 제법 잦았으
며, 이런 관계는 곧 아이가 하나 혹은 그 이상 태어나게
되면 더 공고해지면서 어쩔 수 없는 학업 중단으로 이어
졌다. 그리하여 나는 누나가 주선한 저녁 식사 자리에서
사브리나라고 불리는 여자애를 만나게 되었다. 사브리

나는 꽉 찬 열여덟 살로 나이가 나보다 다섯 살 더 많았고, 따라서 몸이 내가 중학교에서 알던 여자아이들보다 훨씬 더 풍만했다. 누나는 한술 더 떠 이런 말까지 덧붙였다. *그것뿐이겠어, 걔랑은 재미도 볼 수 있을걸.* 나는 나보다 나이 많은 여자들이 좋다고 대답했다가 풍만한 여자라고 보다 정확히 고쳐 말했다. 이런 대답을 하면서, 내가 사브리나와 마주하게 될 순간 누나와 다른 사람에게 심어 주려고 한 이미지에 부합해야만 하는 진퇴양난의 상황을 향해 나아가는 중이라는 확신이 들었다.

문제의 저녁 식사는 특별히 만남을 주선하려는 목적으로 잡혔다. 사브리나의 어머니 — 자스민 — 가 함께했다. 자스민은 남편을 증오하는 여자였는데 대놓고 초조하게 남편의 죽음을 기다렸다. *정말 그 사람이 언제 죽어 줄지 모르겠어, 염병, 얼마나 길게 끄는지.* 그녀는 매주 점쟁이의 집을 찾았고 점쟁이는 정말로 이제 곧 그녀의 남편이 갑작스러운 병으로 죽게 될 거라고 장담했다. 나는 2년 동안 그녀를 알고 지냈는데 2년 내내 매주 장엄한 어투로 이렇게 알려 왔다. *다됐어, 내 남편 말이야. 이*

제 끝이래. 정말 이제 시간이 얼마 안 남았어. 다음 달이면 뭬질 거라네. 그녀가 우리와 저녁을 드는 날이면 대부분의 이야기는 임박한, 돌이킬 수 없는 남편의 죽음, 특히 보잘것없는 유산 배분 문제를 중심으로 돌아갔다.

아버지가 나 없는 자리에서 나에 대해 이야기할 때 그러듯이, 누나도 자스민에게 내 이야기를 그런 식으로 했다. 그러니까, 자스민에게 내가 높은 공부를 할 사람이라고, 부자가 될 거라고 말해 놓았다. 자스민은 딸과 함께 좋은 투자처에 투자하기를 바라면서 후다닥 이 만남에 찬성을 표했다.

격식을 갖춘 소개 자리가 마련됐다. 내 앞에 누나, 자스민, 사브리나 그리고 사브리나의 친구 한 명이 자리했는데, 그들의 눈이 전부 나에게 쏠린 가운데 사브리나가 키스하려고 날 얼싸안을지도 모른다는 상상 — 이런 순간이면 싹트는 말도 안 되는 생각들 — 이 자아내는 불안. 그 네 명의 여자들이 내뿜는 손에 잡힐 듯한 흥분은 나의 거북함과, 지어낸 자신만만함으로 숨기려고 해본 거북함과 비례했다. 나는 사브리나에게 미소를 지어 보이며 별의별 방법으로 나를 부각시켰고, 내가 그럭저럭 주무를 수 있는 온갖 주제들을 건드렸으며, 그러다가 최근에 중학교에서 배운 제1차 세계 대전 이야기를 꺼냈는데, 자스민은 이 이야길 싫어하지 않았고, 내가 한 말을 거론하면서 누나에게 이런 말을 건넸다. 잘 *자랐네, 네 동생, 아주 마음에 들어, 보통 애들이랑은 다르네.*

다 함께 아페리티프를 들고 있을 때, 나와 자신의 친구가 가까워지기만 한다면 뭐든 할 태세인 누나가 사브리나랑 함께 나가 잠깐 거닐다 오면 어떻겠냐고 제안했다. 누나는 마치 우리 둘이 같이 계획을 짰고 이 일은 마땅히 그래야 하는 방식으로 진행되리라는 듯 내게 공모의 눈길을 보냈다. 나도 입귀에 미소를 띠며 같은 종류의 눈길로 대답했다.

우리는 시립 공원으로 가서 걸었다. 목구멍이 바싹 졸아 붙어서 아플 정도였다. 사브리나가 누나에게 내가 적극적으로 나서서 진짜 남자처럼 굴면서 그녀를 유혹하기는커녕 그저 꼼짝 않고 무기력하게 마치 죽 냄비에 *빠진 주걱처럼* — 내가 계속 빌려 쓰는 누나의 표현 — 멀거니 있었다고 전하면 누나가 실망하리라는 생각에 가슴이 두근댔다.

  내가 아무런 말이라도 꺼내기 전에 사브리나가 자기를 소개시켜 달라고 조른 이유가 뭔지를 설명하라고 채근해 댔다. 난 그런 적이 없었고, 그건 누나의 거짓말이었다. 이런 질문이 자아낸 당혹스러움을 숨기고 진부한 말들, 그녀가 예쁘다고 생각한다는 둥, 그녀는 내 타입이라는 둥의 말을 늘어놓는 데 성공했다. 사브리나가 이 대화를 미주알고주알 다른 여자아이들에게 옮길 테고 그렇게 그 여자들은 나를 진짜 수컷으로 간주하게 되리라는 것을 뻔히 알고 있기에 발휘된 용기. 사브리나가 내게 키스했다. 그녀는 우리 입술이 맞닿게끔 살짝 몸을 굽혀야 했다. 포옹은 너무 오래 끌었고, 나는 숨이 막히고 휘청이는 느낌을 받았다. 우리가 끌어안고 있는 동안 달아나지 않기 위해, 혐오의 외침이 새어 나가는 것을 막기 위해 들여야 하는 노력이 점점 더 버거워졌다. 어서 이 일을 끝내고 싶다는 욕망을 내비치지 않으려는 노력. 안 그랬더라면 사브리나가 누나에게 알렸을 거다.

우리는 초대받은 다른 여자들 앞에서 갓 생겨난 우리 관계를 공식화하기 위해 손을 잡고 올라갔다. 누나는 매우 기뻐하며 우리를 맞았다. 오, 두 연인이 왔네? 어때? 그러자 나머지 여자들이 박수갈채를 보냈다. 나는 이런 행동을 상스럽게 여겼다. 내 예의범절의 토대가 됐지만 이미 내 눈에 부적절한 것으로 여겨지던 습관이나 행동 방식들. 내 가족의 습관들처럼. 집 안에서 벌거벗고 돌아다니기, 식사 자리에서 트림하기, 식사 전에 손 안 씻기. 남자를 좋아하는 바람에 나와 세계 사이의 관계 전체가 변했고, 나는 우리 가족이 중시하지 않는 가치들에 동화되는 쪽으로 나아갔다.

그들이 박수를 쳐댈 때마다 사브리나와 나를 묶는 사슬이 점점 더 조여드는 것만 같았다. 우리 둘의 관계는 이제 겨우 시작됐을 뿐인데.

우리는 주말마다 누나 집에서 보기로 결정이 되었고

(누구의 결정이었는지 이제는 알지 못한다) 누나가 토요일 저녁에 우리를 클럽으로 데려가기로 했다. 그곳에서 나는 새로 정복한 여자 사브리나의 허리에 굳이 팔을 감은 채 돌아다니려고 했다. 다른 사람들에게, 그리고 나 자신에게 보여 주기를 갈망했다. 내가 나를 들여다보고 있었다. 여자들을 사랑하는 모습뿐만 아니라 나보다 더 나이 많은 여자들을 후리는 능력에 이르기까지, 나의 공연을 가장 성실하게 구경하는 사람은 바로 나였다.

클럽으로 출발하기 전, 자스민이 사브리나를 누나 집으로 데려다줬다. 두 여자는 이웃 마을에 살았다. 자스민이 도착하자마자 늘 하는 일은 내게 칭찬을 쏟아 놓는 거였다. 그녀는 내가 특별하고 지적이며 자기 딸이 공부를 하고 많은 돈을 벌 생각을 하게 자극을 준다고 확언했다. 사브리나는 산파가 되고 싶어 했다. 마을의 여자아이들이 대체로 미용사, 병원 접수원, 점원, 가장 야망이 큰 경우 교사 혹은 가정주부가 되기를 원한다는 걸 생각하면 그녀는 달랐다.

의학 공부를 하고 싶다는 사브리나의 염원은 폭소와

경멸을 동시에 불러일으켰다.

잘난 척하는, 다른 사람들보다 더 잘난 여성처럼 구는 사브리나. 시간이 흐르면서 사브리나 역시 내 누나처럼 자신의 야망을 점점 하향 조정하여 외과의, 일반의, 간호사, 조무사 그리고 마침내 요양 보호사가(약 주기 그리고 노인네들의 엉덩이를 씻기기. 바로 내 어머니의 직업) 되고 싶어 했다.

혐오

클럽에서 놀다가 돌아오면 나는 우리 집에서 잤고 사브리나는 누나 집에서 밤을 보냈다. 우리는 다음 날 아침에 만나서 마을 거리를 돌아다니다가 일요 축구 시합을 보러 가기 전에 버스 정류장에서 술을 마시고 있는 내 친구들을 만났다.

그렇게 클럽에서 놀고 온 어느 날 누나가 자기 집에서 자라는 제안을 했다. 자스민이 휴가를 떠나야 해서 당장 그날 저녁 사브리나를 데리러 오기로 했고, 그래서 사브리나가 누나네에서 잘 수 없는 형편이란다. 누나는 혼자 있고 싶어 하지 않았다. 누나는 그걸 싫어했고 무섭다고 말해 버릇했다. 당연히 누나의 제안을 받아들였다. 우리 집 아닌 다른 곳에서 자는 게 좋았으니까. 황폐하기 짝이 없는 모습의 우리 집이 창피했고, 비 오는 날이면 물이

새는 축축하고 차가운 내 방은 질색이었다.

몹시 거센 폭풍우가 휘몰아친 어느 날 덧창이 날아갔
고, 덧창이 떨어져 나가면서 유리창이 산산조각 나버렸
다. 이 일을 아버지에게 알리자(오랜 시간이 지난 뒤. 몇
주 동안 매일 유리창이 깨졌다고 거듭 알렸으니까) 아버
지는 유리가 깨진 자리에 생긴 구멍을 가리려고 마분지
를 대주었다. 아버지는 내 걱정을 없애 주려고 애썼다.
*걱정 마라, 창유리를 하나 다시 살 때까지야, 그동안 만
이라고. 계속 이 상태로 있을 건 아니야.* 아버지는 다시
는 유리를 갈지 않았다.

마분지 조각은 삽시간에 물을 머금었다. 마분지 조각
은 자주 갈아 줘야만 했다. 애를 써가며 신경 써 관리하
고 마분지를 교체해 댔지만 물은 방 안으로 스며들었다.
습기가 벽, 콘크리트 바닥, 목재 침대를 잠식해 들어
왔다.

매일 작은 사다리를 오르내릴 수 있게 2층 침대의 윗
칸에서 자기를 고집해서, 누나가 아래 침대에서 내가 위
침대에서 잤다. 위 칸에 올라가 누우면 침대가 삐걱거렸
지만 그런 소리가 나는 게 정상이어서 걱정하지 않았다.

우리는 습기 때문임을 알았다.

저녁마다 그랬듯이 위 칸에 올라간 어느 저녁, — 곧 무슨 일이 벌어질지 알려 주는 아무런 조짐도 없었고, 침대가 여느 날보다 더 삐걱거리지도 않았다 — 누워 있는데 침대가 내 무게로 꺼지는 느낌이 들었다. 습기가 서서히 침대의 가로목을 갉아먹어 들어가는 바람에 약해진 가로목이 부러졌던 것이다. 나는 1미터 아래의 누나 위로 떨어져 내렸다. 누나는 부러진 가로목에 다쳤다. 그날부터 내 침대는 아버지가 대충 수선해 줬음에도 불구하고 종종 누나의 침대 위로 떨어져 내렸다.

따라서 누나가 막 개보수한 자신의 소형 아파트에서 자고 가라고 초대해 줘서 행복했다.

주말마다 그랬듯이 다 같이 클럽에 갔다.

돌아오는 길에 누나가 자기는 친구를 만나러 갈 일이 있다고 밝혔다. 그제야 퍼뜩 깨달았다. 이 이야기가 아귀가 맞지 않아서이기도 하지만(클럽에서 녹초가 되어 돌아와 새벽 5시에, 마을의 가로등마저 꺼져 버린 시각에

친구를 만나러 간다니), 자신이 거짓말한다는 것을 알려
주려고 누나가 내게 한쪽 눈을 깜박거려 보여서이기도
했다. *너랑 사브리나가 거기 있으면 되겠다. 사브리나 어
머니가 내일이나 데리러 온다니까, 어쩔 수 없지, 뭐.* 그
러면 자스민은 한밤중에 자기 딸을 데리고 가려고 운전
대를 잡아야 하는 수고를 덜 테고, 나아가 이게 제일 중
요한 건데, 누나가 친구 집에 있는 동안 우리 둘이 누나
침대에서 함께 잘 수 있을 거다. 사브리나는 자신과 누나
가 공모 관계임을 거의 숨기지 못했고 가방에서 여행용
파우치를 꺼내 놓기까지 했다. 모두가 알고 있었다. 나만
이 유일하게 모르는 채였던 거다.

  사브리나와 밤을 보내야 한다는 생각을 하니 공포에
질렸지만 그 어떤 말도, 내 이미지를 무너뜨릴지도 모를
말은 할 수 없는 처지가 된 나는 한번 더 죄수 꼴이 되었
다. 사브리나가 함께 보낼 밤에 무엇을 기대하는지 — 나
이 차이와 우리가 갖지 않는 성관계에 대한 점점 더 노골
적인 언급들 — 알고 있었다.

  나도 누나에게 한쪽 눈을 깜빡거려 보였다.

  누나가 떠났다.

사브리나와 나는 자러 갔다. 그리고 누나가 떠나가고 우리가 침대로 들어갈 때까지, 가능한 한 그녀에게 말을 가장 적게 하고 가능한 한 그녀를 보는 일을 덜하기 위해서, 어떤 수를 썼는지 이제는 기억이 나지 않는다. 키스를 할 때면 늘 그렇듯이 가벼운 혐오감을 느끼며 그녀에게 키스했다. 그러고는 등을 돌려 그녀로부터 가장 멀리 떨어진 곳에, 침대 가장자리에 몸을 눕혔다. 자칫 떨어질 지경이었다.

그녀가 한 번 더 키스하기 위해 다가왔다. 그녀는 내 두 손을 잡아 자기 가슴 위에 끌어다 놓았고 본인의 두 손은 내 바지 안으로 슬그머니 들이밀었다. 그녀가 축 늘어져 있는 내 성기를 쓰다듬었다. 나는 성욕을 거짓으로 꾸며 낼 수 없었다. 내 성기가 발기하도록, 사브리나가 안심하도록 다른 생각을 해보려고 애썼지만, 집중하면 할수록 흥분이 될 가능성은 점점 더 희박해지고 멀어져 갔다. 사브리나는 이제 갓 금빛 솜털로 뒤덮이기 시작한 내 살의 일부를 계속 끈기 있게 문지르고 주무르고 이리저리 비틀어 댔다. 처음에는 이런 이미지를 떠올리는 것으로 발기가 될 수 없다는 것을 알면서도 사브리나를 상

253

대로 사랑을 나누는 모습을 그려 보았다. 그리고 나서는 내 몸에 겹쳐진 남자들의 몸뚱어리를, 내 몸에 와서 부딪히는 근육질에 털투성이의 몸뚱어리를, 육중하고 거친 서너 명의 남자들을 그려 보았다. 그들이 옴짝달싹 못 하게 내 두 팔을 꽉 잡은 채 차례로 내 안에 성기를 밀어 넣고, 소리를 내지 못하게 손으로 내 입을 틀어막는 장면을 그려 봤다. 나의 몸을 꿰뚫고 내 몸을 얇은 종이 조각인 양 찢어발기는 남자들을. 나는 두 남자아이들, 적갈색 머리카락의 껑다리와 등이 굽은 작다리가 처음에는 손으로, 그다음에는 혀로 자신들의 성기를 애무하게 강요하는 장면을 그려 봤다. 그 둘이 계속해서 내 얼굴에 침을 뱉고 때리고 호모 *새끼*, 톳쟁이라고 욕하면서 내 입에 그들의 성기를, 하나씩이 아니라 한꺼번에 쑤셔 넣어 거의 토할 지경에 이른 장면을 떠올려 봤다.

아무런 효과도 없었다. 사브리나가 내 피부에 와 닿을 때마다 지금 일어나는 일과 내가 증오하는 여성의 몸에 대한 진실을 되새길 뿐이었다. 나는 극심한 급성 천식 발작을 구실로 댔다. 집으로 돌아가야겠다고, 곧 천식 발작을 일으킬 것 같다고, 최근 할머니의 죽음이 잘 보여 줬듯이 그럴 수도 있다고, 그로 인해 죽을 수도 있다고 말했다.

다음 날 나는 사브리나를 떠났다. 그녀가 내 앞에서 울었고 나는 굳은 채 가만히 있었다.

첫 번째 가출 시도

진짜 수컷이 되고 싶은 나의 의지와 남자들 쪽으로 나를 밀어붙이는 육체의 의지, 다시 말해 나의 가족 및 마을 전체에 반기를 드는 육체의 의지 사이에서 싸움이 벌어졌고, 사브리나와의 교제를 통해 그 싸움에서 실패를 맛봤다. 하지만 포기하고 싶지는 않았기에, 오늘 난 *진짜 수컷이야*, 이 강박적 문장을 계속 되뇌었다. 사브리나와의 연애에서 실패를 맛본 바람에 나는 더욱더 많은 노력을 기울이게 되었다. 목소리를 좀 더 굵게, 항상 굵게 내려고 신경을 썼다. 말할 때 손을 분주히 움직이지 않도록 두 손을 주머니 속에 집어넣었다. 여자의 몸을 보고 흥분하는 일이 나로서는 불가능함을 그 어느 때보다 분명하게 보여 줬던 그날 밤 이후, 전에 없이 진지하게 축구에 관심을 갖게 되었다. 축구 중계를 챙겨 봤고 국가 대표

선수들의 이름을 몽땅 외웠다. 형제들과 아버지처럼 레슬링도 챙겨 봤다. 의심을 밀어내기 위해서 동성애자에 대한 나의 증오를 매번 더 세게 피력했다.

중학교 졸업이 얼마 안 남은 때였으니 최종 학년이었을 거다. 나보다 더 계집애 같고, 얼간이라는 별명이 붙은 남자 아이가 한 명 있었다. 나는 그 아이가 나의 고통을 나눠 갖지 않아서, 그걸 나눠 가지려고 들질 않아서, 나와 알고 지내려고 하질 않아서 그 아이를 증오했다. 하지만 그러한 증오에는 친근감이, 마침내 나와 흡사한 누군가를 곁에 두게 되었다는 감정이 섞여 있었다. 나는 그 아이를 홀린 눈길로 바라봤고 몇 번이고 그 아이에게 접근하려고(그 아이가 도서관에 혼자 있을 때에만. 그 아이에게 말을 거는 모습을 다른 사람들에게 들키면 안 되니까) 애써 왔다. 그 아이는 내게 거리를 두었다.

어느 날 그 아이가 제법 많은 학생들이 몰려 있는 복도에서 소란을 피웠고, 나는 그 아이에게 소리를 질렀다. 아가리 닥쳐, 호모 새끼야. 아이들이 전부 웃어 댔다. 모두가 그 아이를 봤고, 또 나를 봤다. 복도에서 그런 욕설을 한 그 순간, 나는 그 아이에게 수치를 옮겨 놓는 데 성공했다.

여러 달이 흘러가고 그 두 사내아이가 고등학교에 진학하기 위해서 중학교를 떠나면서, 그리고 진짜 수컷이 되기 위해 내가 열정을 쏟은 덕분에 중학교에서도 집에서도 모욕을 당하는 일이 점점 줄어들었다. 하지만 모욕당하는 일이 드물어진 만큼, 당할 때마다 점점 더 폭력적으로 느껴지고 감내하기 힘들었으며, 뒤이어 오는 우울감은 여러 날, 여러 주에 걸쳐 지속되었다. 수컷다워지기위해 악착을 떨어 댔음에도 비록 빈도가 줄었다고는 하지만 모욕당하는 일은 오랫동안 지속되었다. 그러한 모욕들은 모욕을 당하는 순간의 나의 태도가 아니라 오래전부터 사람들 마음에 자리 잡은 나에 대한 생각에 기반을 두고 있기 때문이었다.

가출은 내게 다가온 유일한 가능성, 내게 남겨진 유일한 가능성이었다.

내가 열렬히 자유를 사랑하는 동물이어서 늘 달아나

고 싶어 했고, 따라서 나의 가출은 오래전부터 품고 있던 계획의 결과라고 생각할까 봐 이 자리에서 나의 가출은 그런 것이 아니고 오히려 내 자신과의 싸움에서 연달아 패배한 뒤에 고려해 볼 수 있는 마지막 해결책일 뿐이었음을 보여 주고 싶었다. 어떻게 가출이 처음에는 실패처럼, 체념처럼 여겨졌는지를 말이다. 그 나이에 성공한다는 것은 다른 사람들과 같아진다는 의미였으리라. 나는 이미 모든 것을 시도해 봤다.

나는 어떤 식으로 가출을 실행에 옮겨야 하는지를 알지 못했다. 배워야만 했다. 사람들은 가출이 향수(鄉愁)나 지인 등 우리를 얽매는 요인들 때문에 어려워지는 것처럼 말하지만 사실 가출은 어렵다. 첫 시도 때의 나는 어설프고 우스꽝스러웠다.

로라와 헤어지고 난 뒤 얼마 안 됐을 때, 어머니 아버지는 정원에서 바비큐 준비를 하고 있었다. 나는 출발 계획을 읊조리면서 방으로 갔다. 아버지가 방금 넌 정말 계집애로구나, 잔소리를 한 참이었다. 내가 불에 델까 봐 겁이 나서 불 지피기를 거절해서였다. 방에 들어가 몇 가지 물건을 모아 배낭 안에 집어넣었다. 영원히 떠나기로 이미 결심한 상태였다. 다시는 돌아오지 않으리라.

남동생이 들어왔다. 그 아이는 어렸다. 다섯 살, 혹은 어쩌면 그보다 밑이었다. 동생이 내게 뭘 하고 있는지를 물었고, 나는 동생이 평소 습관대로 부모에게 고해 바치러 가기를 바라면서 이 길로 영영 나가 버릴 거라고 대답했다. 동생은 움직이지 않았다. 그 자리에 그대로, 꼼짝 않고 있었다. 나는 다시 시도했다. 지금 내가 하는 일이 금지된 것임을 이해시키기 위해서 목소리 억양을 바꿔 가며 똑같은 말을 되풀이했다. 난 떠나. 영영 가버린다고. 동생은 이해하지 못했다. 한 번 더 시도. 다시 또 무반응. 결국 나는 결정적 한 방이 될 제안을 내놓았다. 동생에게 고자질에 대한 대가로 보상을, 사탕을 제안했다. 동생이 방을 나갔다. 동생의 발소리가 멀어지는가 싶더니 벌써 아빠, 아빠 불러 대는 소리가 들려왔다. 나는 뛰쳐나가면서 힘껏 문을 닫았는데, 아빠가 이 소리를 듣고서 동생이 하는 말이 사실임을 눈치챘으면 해서였다.

나는 등에 가방을 맨 채 수십 미터 뒤처진 아버지의 존재를 느끼며 아버지가 따라올 수 있도록 계속 적당한 속도로 마을 거리를 내달렸다. 아버지는 내 이름을 크게 부르다가, 다음 날 학교 앞에 모여드는 여자들에게 이야깃거리를, 수다거리를 제공할지도 모를 스캔들을 만들지 않기 위해서 입을 다물었다. 나는 덤불 뒤로 피신했다. 아버지는 보지 못하고 지나쳐 갔다. 그는 나를 보지 못했다. 아버지가 내 흔적을 놓칠까 봐, 나를 거기에 내버려 둘까 봐 갑자기 겁이 났다. 밖에서 밤을 새야 하는 걸까? 추위 속에서? 뭘 먹지? 나는 어떻게 될까? 나는 아버지 들으라고 세게 기침을 했다.

아버지가 몸을 돌렸고 나를 보았다. 아버지가 내 머리카락을 움켜쥐었다. 정말이지 애새끼가 어지간히도 애를 먹이는구나, 이 덜떨어진 자식. 아버지가 내 티셔츠의 소맷부리를 잡고 나를 어찌나 거세게 흔들었는지 셔츠가 찢어지고 말았다.

훗날 어머니는 이 이야기를 웃으면서 하시리라. 오, 염병할, 넌 그날 끽소리도 못 했지, 네 아버지가 어찌나 혼꾸멍을 냈던지.

아버지는 거세게 내 팔을 쥐고서 나를 집으로 데려갔다. 아버지는 나를 방으로 올려 보냈고, 나는 방에서 울었다. 아버지가 몇 시간 뒤 방에 들어왔을 때에도 나는 여전히 울고 있었다. 아버지는 아래 칸 침대 위에 앉았다. 아버지에게서는 술 냄새가 풍겼다(다음 날 어머니의 말. 네가 가출하는 바람에 평소보다 더 빨리 꼭지가 돌았지 뭐니, 네 아버지가 걱정깨나 했다고). 이번에는 아버지가 울었다. 그러지 마라, 너도 알잖니, 우리가 널 사랑한다는 걸, 다시 달아날 생각은 하지도 마라.

좁은 문

달아나야만 했다.

나는 이제 최종 학년이었고, 진로를 선택해야 할 때였다. 나는 내가 배정될 고등학교가 있는 아브빌로 가는 것을 단호하게 거부했다. 부모로부터 벗어나 멀리로, 그 두 사내아이와 만날 일이 없을 곳으로 떠나고 싶었다. 미지의 영토에 가닿기. 더 이상은 비역쟁이 취급을 받지 않으리라는 — 내가 이뤄 낸 발전 때문에 그럴 수 있기를 바랐다 — 생각을 했다. 맨 처음부터 다시 모든 것을 출발점으로 돌려놓고, 다시 시작하고, 다시 태어나기. 중학교 동아리에서 해왔던 연극은 내게 기대하지 않았던 문을 열어 줬다. 나는 연극에 많은 노력을 투자했다. 우선 아버지가 그에 대해 짜증을 냈고, 내가 그 나이에 했던 모든 활동은 아버지와의 관계 속에서(특히 아버지와 반대

되는 방향으로) 정해졌기 때문이다. 그리고 연기에 어느 정도 재능이 있었기에 내게 연극은 인정받을 수 있는 공간이었다. 사랑받기 위해서라면 그 어떤 것이든 좋았다. 아, 벨끌네 아들 말이야, 걔가 학년 말 공연에서 연극을 하는데, 정말 재밌었어, 입이 찢어져라 웃었네. 누나의 자부심. 어쩌면 넌 제2의 브래드 피트인가 보다.

어느 저녁, 중학교 근처의 다목적 강당에서 학년 말 공연을 위해 내가 쓴 소품을 무대에 올린 걸 기억한다. 등장인물들이 차례차례 무대로 나와 소개를 하고, 자신의 이야기를 들려주고, 노래를 하는 일종의 카바레였다. 나는 아내에게 버림받은 알코올 중독자이자 절반쯤은 노숙자이기도 한 제라르 역을 맡아서 노래를 했다.

제르멘, 제르멘
왈츠든 탱고든 엎어치나 메치나지
널 사랑한다고 말하나
캉테르브로9를 사랑한다고 말하나, 오 오 오.

9 프랑스의 로렌 지역에서 제조되기 시작한 맥주 상표.

그날 저녁 그 두 사내아이도 강당에 있었던 걸 기억한다. 하지만 그때 그들은 고등학교를 다니던 때였다. 아마자기 가족 중에 공연에 참가하는 아이들을 보려고 왔든가 아니면 그저 호기심 때문에 왔으리라.

그들을 보자마자 출구에서 그들이 기다리고 있을 거라는 상상을 하면서 느꼈던 공포를 기억한다. 다목적 강당은 규모가 작았고 나는 그들의 얼굴이 어둑함 속에서 드러나는 것을 분명하게 볼 수 있었다. 내가 맡은 대사와 대사 사이에 잠깐의 침묵이 자리 잡는 동안, 그들이 어머니와 다른 모든 사람들 앞에서 호모 *새끼*라고 외칠지도 모른다는 생각에 겁에 질린 채 무대에 올랐다. 나는 끝까지 해냈다. 내가 마쳤을 때 그 아이들 둘 다 벌떡 일어나서 목청이 터져라 외쳤다. *브라보 에디, 브라보!*

그들은 내 이름 에디, 에디를 연호했고, 뒤이어 그곳에 있던 3백 명에 가까운 마을 사람 전부가 갑자기 다 같이한 목소리로 내 이름을 외쳤고, 박자에 맞춰 손뼉을 치면서 홀린 눈길을 내게 던졌다. 잠잠해지기까지 쉽지 않았다. 무대 인사를 하기 위해 단원 전부와 함께 다시 무대

267

에 오르자, 관객은 다시 내 이름을 외쳤다. 그날 일정을 마칠 때까지 그 둘은 보이지 않았다. 내가 그 둘을 보는 건 내 평생 그때가 마지막일 듯하다.

수업이 끝나고 나가는데 중학교 교장이 나를 보러 와서 마들렌미슐리스 고등학교 얘기를 꺼냈다. 도에서 가장 큰 도시지만 무서워서 가본 적이 거의 없는 아미앵에 있는 학교였다. 아버지는 늘 거기엔 수많은 유색인들, 위험한 사람들 천지라고 누누이 말해 왔다. 아미앵에는 아랍이랑 아프리카에서 온 깜둥이들 천지라고. *거기 가면 여기가 아프리칸가 싶을걸. 거기 가지 마라, 보나마나 널 홀라당 벗겨 먹을 게다.* 아버지는 늘 이런 말들을 줄곧 해줬고, 내가 아버지는 인종주의자일 뿐이라고 대꾸했다 해도 — 아버지의 말을 반박하기 위해서라면, 그와 달라지기 위해서라면 뭐든 하기 — 그의 말들은 내 안에 불안의 씨앗을 뿌리고 말았다.

마들렌미슐리스 고등학교에서는 대학 입학 자격 시험 대비 연극 예술 전공 과정을 제공했다. 입학하려면 선발 시험을 치르고, 서류 전형과 실기 시험을 거쳐야 했다. 코케 중학교 교장 선생님이 그 고등학교를 시도해 보라고 제안을 해왔을 때, 나는 대학 입학 자격 시험을 치른다는 생각은 해보지도 않았고 일반 계열은 더더욱 생각조차 해보지 않았다. 식구 중에 대학 입학 자격 시험을 치른 사람은 아무도 없었고 마을에서도 교사, 구청장 혹은 식료품 주인의 자녀들이 아니라면 그런 일이 거의 없었다. 나는 이 일에 대해 어머니에게 말해 보았다. 어머니는 이게 무슨 일인지 가까스로 이해했다(얘가 이제 대입을 치를 거라네, 우리 집안의 먹물일세).

고등학교 입학 실기 시험 때 보여 줄 무대를 준비하기 위해 젊은 연극 배우인 중학교 교장의 딸과 함께 작업했다. 교장 선생님은 내게 수업에 들어가지 않아도 되고 교실을 마음껏 사용해도 된다고 허락해 줬다. 나는 녹초가 될 때까지 준비했다. 떠날 수 있는 이번 기회가 손아귀에서 빠져나가지 않게. 그 고등학교는 기숙사를 갖추었고, 그렇게 나는 마을에서부터 더 멀리 떨어질 수 있었다.

어머니는 경고했다. 기숙사 비용이 면제된다면 네가

가려는 그 연극 학교에 갈 수 있어. 우리가 비용을 댈 순 없으니까, 그렇지 않으면 넌 아브빌에 있는 고등학교로 가야지. 그것도 고등학교는 고등학교니까. 그리고 나의 아버지. 난 네가 왜 다른 모두처럼 아브빌로 가려고 하지 않는지를 모르겠다. 넌 늘 다른 사람들과 다르게 굴어야만 하는 거니.

실기 시험이 있는 날 역까지 데려다 달라고 아버지를 설득하는 게 쉽지는 않았다. 연극이니 뭐니 네 그 머저리 짓 때문에 휘발유를 써야 한다니, 솔직히 그런 수고를 할 필요가 있겠냐. 역은 마을에서 15킬로미터 정도 떨어진 곳에 있었다. 며칠 동안 아버지는 데려다 주지 않겠노라고, 그걸 기대하는 건 아무짝에도 쓸데없으리라고 장담했다. 전날 마음을 바꿨다. 내일 자명종 맞춰 놓는 것 잊지 마라, 역에 데려다주마.

이건 아버지가 자주 하는 짓이었다. 마지막 순간까지 싫다고 하다가 내가 훌쩍이며 몇 시간이고 자신에게 애원하는 모습을 보고서야 직성이 풀려서 누그러졌다. 아버지는 거기서 즐거움을 느꼈다. 내가 일고여덟 살쯤 됐을 때 아버지가 내 천 인형을 옆집 아이들에게 줘버렸다. 아이들마다 하나씩 갖고 있듯이, 내가 잘 때 데리고 자고 늘 끌고 다니던 인형이었다. 나는 울며불며 집 안을 사방 팔방 뛰어다니면서 항의했고, 데굴데굴 구르며 난리를 쳤다. 아버지는 나를 보면서 웃었다. 1999년 12월 31일, 아버지는 제야를 맞아 내게 자정이 되면 소행성이 지구와 충돌하는 바람에 우리 모두 죽게 될 거고 살아남을 가능성은 전혀 없다는 이야기를 해줬다. 살아 있을 때 즐기라고, 오래지 않아 곧 모두 죽게 될 테니까. 저녁 내내 나는 눈물을 흘렸다. 울먹였다. 죽고 싶지 않았다. 어머니가 왜 새해 첫날 아이에게 그런 짓을 해서 애가 계단에 앉아 제 신세를 가여워하느라 해가 바뀌는 것도 즐기지 못하게 하냐면서 아버지를 나무랐다. 어머니가 나를 안심시키려고 애썼다. 아버지 말 듣지 마라, 아무 말이나 하시니까, 자, 이리 와서 우리랑 같이 텔레비전이나 보렴, 곧 에펠 탑이 나올 거야. 그래 봤자 상황은 안 바뀌었다. 나는 아버지의 말에만, 집안의 남자에게만 믿음이 갔다. 그날 밤에도 역시 아버지의 웃음이 거실에 울려 퍼졌다.

다음 날 아침, 아버지는 예정된 시간보다 반 시간 일찍 침실 앞을 지나갔다. *자, 가자, 일찍 도착하면 역에서 기다리면 되니까.* 나는 후다닥 욕실로 뛰어가서 나갈 준비를 했다. 이는 닦지 않았다. 욕실은 비어 있었는데, 아버지는 아침에 씻지 않았다. 아버지는 티셔츠와 바지를 입고 얼굴에 물 칠만 하더니 담배를 한 대 피우면서 텔레비전 앞에 앉아 뉴스나 홈 쇼핑 정보를 보고 있었다.

자동차에 오르고 보니, 15킬로미터를 가야 할 우리에게 도합 한 시간이나 남았다. 우리는 아무 말도 나누지 않았다. 나는 침묵이 자아낸 거북함을 흩어 놓으려고 라디오를 틀어 달라고 부탁했다. 아버지는 온갖 종류의 대중가요를 몽땅 꿰고 있어서 흥얼흥얼 따라 했다. 가끔씩 노래와 노래 사이에 흘러나오는 또 그 이야기. *이 시간에 연극이니 뭐니 그런 머저리 짓 때문에 나서게 만들다니, 솔직히 말이야……*(어머니의 말. *네 아버지는 늘 툴툴거리니 신경 쓰지 마라. 시간을 죽이려고 그러는 거야, 다른 걸 할 줄 아는 게 없잖니*).

272

역에 도착하자 아버지는 내리라고 했다가 곧 마음을 바꿔 잠깐 기다리라고 말했다. 아버지에게 쏠린 나의 눈길, 놀라움, 불쾌한 말이 떨어지리라는 예상. 아버지는 주머니를 뒤적이더니 20유로짜리 지폐를 한 장 꺼냈다. 나는 그건 너무 많다는 걸, 아버지가 내게 줄 수 있고 줬어야 마땅한 액수보다 훨씬 더 많다는 걸 알고 있었다. 아버지가 돈이 필요할 거라고 말했다. *점심때 식사는 해야지. 네가 다른 사람들 앞에서 창피를 당하는 건, 다른 사람들과 달리 수중에 돈이 너무 적은 건 싫다. 오늘 점심때 이 돈 다 쓰거라. 한 푼도 남겨 가지고 오지 마. 네가 다른 사람들과 다른 건 싫다. 하지만 조심해야 해. 도시에는 아랍놈들 천지거든. 혹시라도 누가 너를 보면 눈을 내리깔아. 까불지 말고 주먹 자랑 하지 말고. 놈들은 말이야, 늘 어딘가에 사촌이니 형제니 짱박혀 있다가 네가 싸움을 시작하면 우르르 떼로 몰려나와서 널 깔아뭉갤 거야. 그럼 넌 그냥 죽는 거지. 혹시라도 돈을 내놓으라는 놈이 있거들랑 다 내줘라. 지갑이니 휴대폰이니, 전부다. 제일 중요한 게 건강 아니겠니. 자, 이제 가봐, 그리고 실기 시험에서 미끄러지지 말고.*

아미앵까지 기차를 탔다. 신경이 곤두섰고 기차가 정거장에 멈춰 설 때마다 이제저제하다가 아랍인들이 무리지어 나타나서 내가 가진 소지품을 몽땅 털어 가려고 나를 덮칠 것만 같았다.

고개를 숙인 채, 미슐리스 고등학교까지 가는 길을 빠르게 걸었다. 흑인이나 아랍 사람이 나와 같은 인도를 걸어갈 때마다 — 하지만 이들은 그렇게 수가 많지 않았다 — 공포가 엄습하는 느낌이 들었다.

복도에는 부모와 함께 대기하는 다른 아이들이 있었다. 나는 혼자라서 좋았고, 스스로가 좀 더 어른이 된 느낌이었다. 동시에 씁쓸하기도 했는데, 가족과 한편이라는 강한 정서를 나누는 이 젊은이들에 대해 질투가 일었다. 그들의 부모 또한 자식들에게 말을 할 때, 마치 성격의 원만함이 생활 조건의 원만함을 보여 주는 잣대라도 된다는 듯 젊음의 분위기를 풍김을 알아챘다.

백발의 키 큰 남자가 고사실에서 나오더니 내 이름을 불렀다. 벨필, 들어와요. 다른 아이들이 웃음을 터뜨렸다. 어른들까지도. 벨필. 선발 과정의 첫 단계로, 내가 준비한 무대를 보여 주기 전에 거쳐야 하는 과정이었다. 연극에 대한, 이 고등학교에 입학하려는 이유에 대한 질문에 대답해야 했다. 나는 미리 오랫동안 어떻게 답변을 할지 전부 다 생각해 뒀다. 연극에 대한 열정, 현 사회 및 역사에서 예술이 갖는 중요성, 자유로운 사고. 평범한 대답.

내게 질문을 한 교사, 백발의 키 큰 남자, 입학 허가가 난 뒤 내 연극 선생이 될 제라르는 나와는 완전히 다른 방식으로 이 면접을 경험했다. 2년 뒤, 제라르가 털어놓은 바에 따르면 — 그의 특징인 부드러운 풍자를 섞어 가며 — 내가 제발 받아들여 달라고 애원했단다. 그의 앞에 거의 무릎을 꿇다시피 했단다. 그는 내 흉내를 냈다. *제발, 선생님, 절 좀 거기에서 꺼내 주세요, 제가 딱하지도 않나요, 제발.* 그의 말에 따르면 내 얼굴에서는 잠시도 웃음이 떠나지 않았단다. 그는 그게 자연스럽지 않다고 생각했지만 거기에서부터 새어 나오는 강력한 의지, 아니 차라리 이렇게 말해야 할지 모르겠는데, 절망에 마음이 움직였단다. 그는 내가 선발 고사의 2번째 단계에서 준비한 무대를 올리면서도 똑같은 모습을 보여 줬다고 말했다. 네 목소리에는 계속 애원하는 듯한 뭔가가 있었어, 계속 말이야.

실기 시험을 치르는 동안 파브리스라는 이름의 남자 아이를 알게 됐다. 우리는 서로 이 얘기 저 얘기를 나눴고, 둘 다 합격한다면 친구가 되자는 약속을 나눴다. 여름 내내 파브리스 생각이 머릿속을 떠나지 않았다. 사실 파브리스 개인에 대한 생각보다는 친구들을, 더 이상 여자 친구들이 아니라 진정한 남자로서 남자 친구들을 만들 수 있다는 생각을 더 자주 했다.

여름 내내 입학 여부를 알려 주는 편지를 기다렸다. 편지는 오지 않았다. 부모는 아무것도 받은 게 없다고 내게 분명히 알렸다. 넌 정말 지긋지긋하게 구는구나.
아무것도라니. 나는 절망에 빠졌다. 마침내 체념하고 말았다. 그들은 불합격을 알려 주는 수고조차 하지 않는구나. 불면의 밤을 지새우면서, 아브빌의 고등학교에 가서 다시 그 두 아이를 만나 중학교 때와 똑같은 장면을 다시 겪는 상상을 했다.

나는 학업을 그만둘 생각을 했다.

8월 초순 혹은 중순쯤의 어느 저녁, 부모와 식사를 마친 뒤 방에서 텔레비전을 보는데, 아버지가 거실에서 나를 불러 댔다.

아버지는 한 달도 훨씬 전에 편지를 한 통 받았다고 말했다. 이때까지 그 편지를 보여 줄 생각을 하지 못했다고도. 아버지는 이런 말을 하면서 자신의 말이 사실이 아님을 내게 알려 주려고 재미있어 죽겠다는 표정을 지었고, 여름 내내 애타게 기다려 보라고 편지를 숨겼다고도 했다.

나는 편지를 잡았다. *벨끌 씨, 마들렌미술리스 고등학교는 기쁜 마음으로 귀하에게 알려 드립니다. 귀하는……*.

나는 갑자기 집 밖으로 달려 나갔다. 어머니의 말이 겨우 들렸을 뿐. *아니, 저 미친놈 뭐 하는 거야?*

그들 곁에 있고 싶지 않았고, 나는 이 순간을 그들과

함께 나누기를 거부했다. 나는 이미 그들로부터 멀어졌고, 이제부터 더 이상 그들의 세계에 속하지 않았다. 편지가 그렇게 말해 주고 있었다. 들판으로 달아나서 밤이 깊도록 한참을 걸었다. 북쪽 지방의 선선함, 흙길, 1년 중 그맘때면 몹시 강하게 풍겨 오는 유채 냄새.

이곳에서 멀리 떨어져 새로 시작될 내 삶을 계획하느라 밤을 오롯이 바쳤다.

에필로그

몇 주 뒤,

떠난다.

기숙사 생활에 필요한 준비물을 가방에 챙겨 넣었다.

대형 트렁크가 아니라

형이, 그다음에는 누나가 썼던 커다란 스포츠 가방

이다.

옷도 마찬가지. 대부분이 형과 누나가 차례로 입었던

옷이고, 몇 가지는 사촌들이 입었던 옷이다.

역에 도착하자,

흑인과 아랍인에 대한 두려움이 누그러졌다.

난 벌써부터 아버지로부터 멀리, 그들로부터 멀리 떨

어지고 싶고,

그러려면 내게 익숙한 모든 가치들의 전도부터 시작해야 함을 안다.

기숙사는 미슐리스 고등학교 안에 있지 않다.

학교를 지나 더 남쪽으로 내려가야 한다.

2킬로미터 남짓 남쪽으로.

나는 그걸 몰랐고, 감색 스포츠 가방을 매고 곧장 고등학교로 갔다. 학교생활 감독관 루아용 씨가 웃음을 터뜨렸다.

이런, 애야, 기숙사는 도시의 저쪽 끝이란다. 2번 버스를 타렴.

어머니는 내게 버스 탈 돈은 주지 않았다.

어머니도 몰랐다.

나는 도로를 따라서 걷는다.

지나가는 사람들을 멈춰 세운다.

죄송한데요, 죄송하지만 제가 찾는 길이…….

그들은 대답하지 않는다.

그들의 얼굴에서는 짜증과 불안감이 보인다.

그들은 내가 돈을 달라고 하리라는 생각이다.

마침내 기숙사를 발견한다.

가방과 배낭을 질질 끌면서 수 킬로미터를 통과하느라 벌게진, 거의 피가 맺힌 손가락.

지금 기억이 나는데, 심지어 겨드랑이에는 비닐 백에 담아 온 베개까지 끼고 있다.

사람들은 나를 우스꽝스럽게 보거나 노숙자로 취급하겠지.

기숙사에서는 내게 다른 기숙생들과 떨어져서 따로 쓰는 방을 배정할 거라고 알려 준다.

다른 기숙생들을 볼 일이 아주 적을 거다.

내가 들어간 기숙사는 다른 고등학교에서 관리하는 기숙사지만 나를 받기로 한 거다.

실망하기에는 너무나 행복해서

친구들, 이들은 학교에 가서 사귀면 된다고, 기숙사는 중요하지 않고 그저 좀 더 확실히 도주하는 방법일 뿐이라고 스스로에게 말해 준다.

개학,

고독,

여기서는 모두 같은 학교 출신이라 모두 서로 안다.

어쨌거나 그들은 내게 말을 건다.

오늘 점심때 우리랑 같이 식사하자, 이름이 뭐였더라,
에디?

재미있는 이름인데, 에디라, 그건 애칭 아니니?

진짜 이름은 에두아르 아닌가?

벨괼, 벨괼이라는 성을 갖다니, 대단해,

사람들이 많이 놀리지는 않고?

에디 벨괼, 제길, 에디 벨괼이라니, 이름치고는 너무
거창하군.

나는 발견한다.

내가 이미 짐작했고 뇌리를 스쳐 갔던 것을,

이곳에서는 남자아이들이 인사를 나누려 포옹을 하지
악수를 나누지 않는다.

그들은 가죽 가방을 맨다.

그들은 세련된 언행을 보인다.

중학교에서라면 모두 호모 새끼 취급을 받았을지도 모른다.

부르주아들은 자신들의 신체에 대해 동일한 관례를 가지지 않는다.

그들은 수컷다움을 우리 아버지, 공장에 다니는 남자들처럼 규정하지 않는다.

(사범 학교에서는 그런 점이 훨씬 더 잘 드러난다. 그 부르주아 지식인들의 여성스러운 신체)

처음 그들을 보고 그 점을 짚어 낸다.

혼잣말로

호모 새끼들이 우글우글하네.

그리고 안심.

생각해 왔던 것과 달리, 어쩌면 난 호모가 아닐 거야,

어쩌면 난 부르주아의 육체를 타고났는데, 그만 내 유년기의 세계에 갇힌 걸지도 몰라.

다른 반이 된 파브리스를 되찾지 못하지만,

걱정하지 않는다, 내가 원했던 건 그나 그의 인격이 아니라 그가 구현하는 형상이었으니까.

샤를앙리에게 접근하고, 그가 나의 가장 친한 친구가 되어 그와 함께 시간을 보낸다.

우리는 여자에 관한 이야기를 나눈다.

우리 반의 다른 아이들이 말한다.

아, 에디랑 샤를앙리, 걔네는 늘 함께야.

나는 그들의 말을 들으면서 기쁨을 느낀다.

나는 그들이 그런 말을 더 자주 하기를, 더 크게 하기를,

내 살던 마을로 가서

그들이 말하기를, 모든 이가 그 말을 듣기를 바란다.

에디는 친한 친구가 있어, 남자야.

그 둘은 여자, 농구 얘기를 해.

(샤를앙리가 기초를 가르쳐 줬다)

그 둘은 하키까지도 함께해.

하지만 샤를앙리가 내게서 벗어나려고 하는 게 느껴진다.

다른 아이들과 더 재미있게 논다.

그들 또한 오래전부터 운동을 하고

그와 마찬가지로 음악을 하고

당연히 여자에 대한 얘기도 더 잘한다.

이건 그와의 우정을 지켜 내려는 투쟁이다.

어느 아침,

12월이고, 개학한 지 두 달이 흘렀을 때이다.

어떤 학생들은 산타 할아버지의 모자를 쓴다.

나는 입학 기념으로 특별히 산 윗도리를 입는다.

붉은색과 요란한 노란색, 에르네스 상표. 그 옷을 살 때 너무나 뿌듯했고, 어머니 역시 뿌듯해하며 말하기를

입학 선물이다. 엄청 비싼 거야. 네게 이걸 사주려고 엄청난 희생을 치르는 거란다.

하지만 고등학교에 들어가자마자, 그 윗도리가 이곳 사람들과 맞지 않으며 누구도 그런 옷을 입지 않고 남자

아이들은 정장 외투나 히피들처럼 모직 윗도리를 입고 있다는 게 보인다.

내 윗도리는 웃음을 자아냈다.

사흘 뒤 수치심에 사로잡혀 그 옷을 거리의 쓰레기통에 버린다.

내가 거짓말을(잃어버렸어요) 하자 어머니는 눈물을 흘린다.

우리는 코티네 선생님을 기다리느라 117호 앞 복도에 모여 있다.

누군가 도착한다,

트리스탕이다.

그가 나를 부른다.

이런, 에디, 여전히 호모니?

다른 아이들이 웃음을 터뜨린다.

나도.

당신이 불편해지기를 바라며

2014년에 출간된 『에디의 끝*En finir avec Eddy Bellegueule*』은 발표되자마자 언론의 극성스러운 관심과 문단의 호오가 뒤섞인 논란을 불러일으키며 단박에 문제작으로 떠오른다. 이 소설을 발표한 에두아르 루이는 놀랍게도 갓 20대로 들어선 고등 사범 학교 학생 신분의 신예 작가였다. 이 초짜 소설가의 첫 작품이 어째서 그다지도 입길에 오르내렸을까?

이 작품은 화자이자 주인공이기도 한 에디 벨괼이 자신의 유년기를, 아니 정확히 말하자면 유년기를 온통 점령했던 빈곤과 폭력 그리고 무엇보다도 폭력의 단짝인 고통을 기록한 자전적 소설이다. 사실 이제껏 문학의 장에서 다루어지지 않은 영역을 찾기란 쉽지 않다. 빈곤이나 폭력 또한 자본주의 사회의 주변으로 밀려나 불안한 삶을 영위하는 사회적 약자에 대한 인식과 더불어 꾸준한 관심을 받아 왔고, 이 소설에서보다도 문학적으로 더 세련되고 더 능숙하게 그러한 문제를 파고든 작품들 또한 드물지 않다. 그렇다면 이 소설의 차별성은 어디에 있을까. 무엇보다도 작품 속에 재현된 폭력과 빈곤의 강도가 용인치를 넘어설 정도로 세다는 점부터 떠오른다. 그런 점에서, 첫 페이지를 열자마자 만나는 섬뜩한 학교 폭력의 현장은 상징적이다. 무방비 상태로 이 책을 펼쳤던 독자는 느닷없이 폭력 현장의 목격자가 된 셈이라, 모욕감과 혐오감이 뒤범벅된 뭐라 규정하기 힘든 감정에 강타당해 정신이 얼얼해지고 만다.

이렇게 강도 높은 폭력 장면으로 시작된 소설은, 수컷 다움이 최상의 가치로 떠받들리는 세계에서 불행히도 여성성을 타고난 열 살짜리 사내아이 에디 벨끨에게 가해지는 신체적·언어적 폭력을 거쳐서, 그 폭력이 인간 사회에만 그치는 것이 아님을 보여 주고 싶은 듯 인간과 동물 사이에 오가는 폭력까지, 폭력의 온갖 양상을 아우른다. 싸구려 술을 마시고 허세를 부려 가며 폭력을 휘두르는 남자들과 그들을 말리는 여자들이라는 정해진 역할 분담이 자연스러운 이 세계에서, 에디의 아버지는 산재를 당하기 전까지는 대다수의 주민들과 마찬가지로 공장 노동자로서 삶을 꾸려 나간다. 처치 곤란인 새끼 고양이들을 검은색 비닐봉지에 담아 아무런 거리낌 없이 패대기쳐 죽이거나 돼지의 비명 소리가 온 동네에 울려 퍼지는 가운데 돼지 멱에 입을 대고 생피를 마시며 수컷다움을 과시하는 에디의 아버지가 이 마을에서는 그저 평범한 보통 사람이다. 폭력이 일상이기에 인간이 인간에게 휘두르는 폭력조차 폭력인 줄 인지하지 못하는 이들에게, 하물며 동물에게 휘두르는 폭력을 금지하는 동물 보호나 생명 존중의 개념 따위가 있을 리 없다. 오히려 폭력은 비난받아 마땅한 행위가 아니라 수컷다움이라는 최상의 가치를 구현할 수 있는 효과적인 표현 수단이다.

이렇게 폭력에 대해 무감각한 세계는 또한 빈곤이 지배하는 세계이기도 하다. 작가는 기본적인 의식주조차 해결하기 힘든 이들에게 모든 문제는 곧바로 금전 문제와 연결됨을 극명하게 보여 준다. 이곳에서 빈곤은 추상이 아니고 구체적 일상이다. 습기 먹은 벽은 곰팡이 피고 부슬부슬 떨어지며, 사방 틈으로 흙먼지가 들어와 청소하는 사람의 노동을 비웃고, 벽과 문을 달 여력이 없어 석고 보드와 커튼으로 나뉜 공간에서 자식은 부모의 정사를 듣고 보고, 먹을 게 부족해 인근 논밭에서 서리를 하거나 인근 연못에서 잡은 민물고기만 물리도록 먹기도 한다. 부모가 학교 폭력에 시달리다가 학업을 중단하려는 아들에게 학업 지속을 강요한다면, 그것은 열렬한 교육열 때문이 아니라 오로지 자녀가 학교에 다녀야만 혜택을 받을 수 있는 가족 수당 때문이다. 빈곤이 지배하는 세상에서는 위생 역시 사치이다. 뜨거운 물이 부족해 마지막으로 씻는 아이는 연달아 씻어 때가 둥둥 떠다니는 구정물을 물려받고, 매일 이를 닦는다는 것은 생각할 수도 없으며, 할머니가 아무렇지도 않게 손자에게 빈 세제 통을 부셔 마실 물을 담아 주는 세계에서 위생 문제는 더 이상 단순한 무지나 개인의 생활 습관이 아닌 경제력의 유무와 직결된다.

빈곤과 무지와 차별과 폭력이 뒤엉켜 돌아가는 이 세계의 무지막지함에 정신없이 휘둘리다가, 문득 이 이야기가 우리와 동시대를 살아가는 20대 청년이 그것도 인권과 복지의 선진국이라고 자부하는 프랑스에서 실제로 겪은 일임에 생각이 미치게 되면, 믿어지지가 않아서 책장을 다시 뒤적여 시공간 배경을 확인해 보게 된다. 에두아르 루이의 고향 마을로 몰려가 사실 확인을 하겠다며 가족과 마을 사람들을 인터뷰하여 선정적인 방식으로 작품의 화제성을 키워 준 기자들의 행태가 이해가 갈 정도이다.

어린 에디 벨괼이 어디에선가 살아남기 위해 사투를 벌이는 동안 우리가 누렸던 일상의 평온함에 대한 미안함은 갖가지 방식으로 표출된다. 에두아르 루이를 선정성과 화제성을 노린 영악한 젊은 작가로 치부하며 그가 겪었던 현실 자체를 축소해 버리거나 부인하려는 뒤틀린 마음이 있는가 하면, 가족과 마을 공동체의 치부를 있는 대로 드러내 놓고 그들은 그곳에 남겨 둔 채 자신만 부르주아 지식인의 세계로 넘어가 버린 작가를 배신자로 바라보는 야멸찬 시선도 있다. 그리고 물론, 〈처음으로, 발음된 나의 이름이 명명하지 못한다〉라는 제사가 보여 주듯 과거를 상징하는 에디 벨괼을 의연히 끊어 내고 에두아르 루이라는 새로운 이름으로 새 삶을 구축해 나가고 있는 그의 탈주를 기뻐하는 대다수의 마음이 있다.

작가는 에디 벨괼의 이야기를 선정적으로 소비하려는

시도가 무색하게, 가감 없이 폭력과 빈곤으로 얼룩진 그 시절을 기록하는 것에 그치지 않고, 폭력과 빈곤의 악순환을 가능하게 하는 메커니즘을 차분하고 섬세하게 분석해 낸다. 작가는 공부를 잘하지 못한 것도 이른 나이에 애를 가져서 사회 활동의 가능성을 스스로 닫아 버린 것도 모두 자신의 실수라고 말하는 어머니를 보며, 어머니가 개인의 실수라고 규정하는 것이 사실은 완벽한 논리 위에 거의 미리 결정되어 있는 준엄한 메커니즘의 일부일 뿐임을 지적한다. 마찬가지로, 어머니에게는 다양한 가치를 실어 나르는 수많은 언설들을 비판적으로 수용할 능력이 결여되었기에 상호 모순 관계인 언설들이 어머니의 입을 빌려 뒤죽박죽 튀어나오며, 그 바람에 어머니가 앞뒤 안 맞는 이야기를 쏟아 내는 것임을 깨닫는다. 결국, 작가는 체화된 문화 자본의 빈곤과 재정 자본의 빈곤이 맞물려 돌아가는 현실을 온몸으로 겪으면서, 공정성과 공공성의 허울을 둘러쓴 교육 시스템이 오히려 계급의 재생산을 거드는 불편한 역설과 마주하게 된다. 그런 만큼, 공공 교육의 혜택을 통해 빈곤과 폭력의 악순환에서 벗어나는 데 성공한 자신의 경우가 얼마나 예외적인지 또한 모를 수가 없고, 그러한 자각이 떠나온 사람들에 대한 연민 섞인 이해와 뒤섞여 언뜻언뜻 표출된다.

이 작품을 번역하는 동안 정신을 차리고 보면 어느 결에 얼굴을 잔뜩 찌푸린 채 자판을 두드리고 있는 나의 모습을 알아차리고, 쓴웃음을 짓곤 했다. 이 책을 읽을 독자 역시 번역가와 별반 다르지 않으리라. 이 책에 대한 개인적인 평가와 무관하게 마음이 불편하기 짝이 없는 거북한 경험을 하게 될 독자에게 그 길을 먼저 가본 번역가가 기운 내라는 의미로 이 말을 남긴다. 〈나는 당신들이 최대한 불편하기를 바란다.〉 겨우 그 정도가 어른인 우리가 어린 에디 벨괼에게 보여 줄 수 있는 최소한의 예의라고 생각하며.

번역 대본은 Édouard Louis, *En finir avec Eddy Bellegueule*(Paris: Éditions du Seuil, 2014)을 사용했다.

2019년 여름 끝자락에

정혜용

옮긴이 **정혜용** 서울대 불어불문학과와 동 대학원을 졸업하고 파리3대학 통번역대학원(E.S.I.T.)에서 번역학 박사 학위를 받았다. 현재 번역출판기획네트워크 〈사이에〉 위원으로 활동하고 있다. 저서로는 『번역 논쟁』, 역서로는 『지하철 소녀 쟈지』(레몽 크노), 『단추전쟁』(루이 페르고), 『문법은 아름다운 노래』(에릭 오르세나), 『삐에르와 장』(모파상), 『살아 있는 자를 수선하기』 『식탁의 길』(마일리스 드 케랑갈), 『성 히에로니무스의 가호 아래』(발레리 라르보), 『에콜로지카』(앙드레 고르) 등이 있다.

에디의 끝

발행일 2019년 10월 10일 초판 1쇄

지은이 에두아르 루이
옮긴이 정혜용
발행인 홍지웅·홍예빈
발행처 주식회사 열린책들

경기도 파주시 문발로 253 파주출판도시
전화 031-955-4000 팩스 031-955-4004
www.openbooks.co.kr

Copyright (C) 주식회사 열린책들, 2019, *Printed in Korea.*
ISBN 978-89-329-1985-0 03860

이 도서의 국립중앙도서관 출판예정도서목록(CIP)은 서지정보유통지원시스템 홈페이지(http://seoji.nl.go.kr)와 국가자료공동목록시스템(http://www.nl.go.kr/kolisnet)에서 이용하실 수 있습니다.(CIP제어번호: CIP2019038252)